선택적 필사의 힘

작가의 생각지도를 훔쳐라!

선택적 필사의 힘

지은이 | 이세훈
펴낸곳 | 북포스
펴낸이 | 방현철

편집자 | 공순례
디자인 | 엔드디자인

1판 1쇄 찍은날 | 2017년 8월 18일
1판 2쇄 펴낸날 | 2017년 10월 20일

출판등록 | 2004년 02월 03일 제313-00026호
주소 | 서울시 영등포구 양평동5가 18 우림라이온스밸리 B동 512호
전화 | (02)337-9888
팩스 | (02)337-6665
전자우편 | bhcbang@hanmail.net

이 도서의 국립중앙도서관 출판시도서목록(CIP)은 e-CIP 홈페이지(http://www.nl.go.kr/ecip)와
국가자료공동목록시스템(http://www.nl.go.kr/kolisnet)에서 이용하실 수 있습니다.
(CIP제어번호: 2017019063)

ISBN 979-11-5815-010-5 03800
값 13,000원

선택적 필사의 힘

작가의 생각지도를 훔쳐라 !

이세훈 지음

북포스

훌륭한 예술가는 모방하고
위대한 예술가는 훔친다

100권의 책에서 핵심 7퍼센트를 뽑아 책을 쓰는 《아웃풋 독서법》을 출간한 후에 독자들로부터 가장 많이 받은 질문 두 가지가 있다. 첫 번째는 "한 달 만에 책을 쓸 수 있었던 비결이 무엇인가요?"이다. 두 번째는 책 내용 중에 여러 편의 시를 인용했고 블로그에도 자작시를 올리고 있는데, "시를 잘 쓰는 비결은 무엇인가요?"이다. 그러니까 둘을 합하면 '글을 잘 쓰는 비결이 과연 뭐냐'라고 할 수 있겠다.

잠시 상상의 날개를 펼쳐보자. 영화 〈매트릭스〉에서 주인공 네오는 인류를 구하기 위해서 가까스로 벗어난 위험한 매트릭스에 다시 접속을 시도한다. 머리 뒤편에 케이블을 꽂아 매트릭스와 연결해 무술 매뉴얼과 헬기 조정법을 자신의 뇌로 전송한다. 네오처럼 우리도 유명 작가들의 뇌에 접속하여 글쓰기 비법을 다운받아 자신의 뇌에 입력하면 된다. 다만, 현실은 영화와 다르니 주인공처럼 그렇게 뚝딱 이뤄지지 않는다는 게 문제다.

그럼에도 작가의 글쓰기 비법이 담긴 생각지도를 훔칠 수 있다면 자신만의 글쓰기를 할 수 있다. 작가들은 눈에 보이지 않는 생각을 글로 표현하여 보게 해주는 사람들이니, 실마리는 그들의 글에 있다. 글의 고유한 구조와 어휘(단어)의 표현 방식을 훔쳐내어 자신의 것으로 만든다면 자신만의 글쓰기가 가능해진다.

작가들의 중심 생각이 반영된 글의 독특한 구조는 '글의 구성'에 영향을 받는다. 글의 구성은 글쓰기를 잘할 수 있는 세 가지 요소 중 하나로 훈련을 통해 비교적 단기간 내에 갖출 수 있다. 나머지 두 가지 요소인 독특한 경험이나 전문 지식 그리고 문장력은 장기간 꾸준히 노력함으로써 갖출 수 있다. 글쓰기에 어려움을 호소하는 분들은 한두 문장이 아니라 적어도 3개 이상의 문장으로 구성되는 단락 단위의 글쓰기에 부담을 느낀다. 글의 구성과 직접 관련된 단락 단위의 글쓰기 기법을 익히면 비교적 수월하게 글쓰기 세계에 입문할 수 있다.

세계적인 베스트셀러 작가 나탈리 골드버그도 《뼛속까지 내려가서 써라》에서 글쓰기의 기본 단위가 단락이라는 점을 강조했다. 글의 기본은 단어다. 단어들이 모여 문장이 된다. 그다음이 중요한데, 핵심 주제를 중심으로 문장들이 헤쳐 모여 단락을 구성한다. 일반적으로 작가의 중심 생각을 표현하는 핵심 문장은 단락의 처음이나 끝에 배치된다. 단락 단위에서 전달하고자 하는 핵심 메시지를 첫 문장에 쓰거나 마지막 문장에 쓸 때 강렬한 인상을 남길 수 있기 때문이다. 문단 내에서 핵심 문장의 위치와 내용을 결정하는 문장의 구성 원리를 볼 수 있으면 작가의 생각지도를 쉽게 읽어낼 수 있다.

글쓰기를 효과적으로 배우는 또 다른 방법은 다른 작가의 글을 베껴 쓰는 것이다. 좋은 글을 베껴 쓰다 보면 글쓰기 전문가들의 검증된 틀을 자신의 것으로 만들 수 있다. 그렇지만 책을 처음부터 끝까지 단순하게 베껴 쓰기만 한다고 해서 글쓰기가 완성되는 것은 아니다. 5년 이상 수백 권 또는 천 권 가까이 옮겨 적어야 비로소 자신만의 글을 쓸 수 있다는 얘기는 힘겹고 무모한 제안이다.

작가의 생각이 담긴 글의 구조를 파악한 후에 핵심 문장을 '선택적'으로 필사하면 그 효과가 배가된다. 작가의 생각 패턴을 반영한 명문장이나 논리적으로 구성된 문단의 고유한 구조를 파악하고 자신의 것으로 체화해야 한다. 명문장에 담긴 삶의 통찰을 돋보이게 하는 것은 그 문장이 갖고 있는 고유한 구조다. 그러므로 구조를 먼저 철저하게 파악하고 필사함으로써 그 구조와 핵심 내용을 체화하는 것이 글쓰기로 가는 지름길이다.

훌륭한 구조를 가진 문장을 필사하되 표현의 일부를 바꿔 쓰면서 응용하는 능력도 길러야 한다. 문장의 기본적인 구조를 유지하되 자신만의 어휘로 고쳐 쓰면서 수정하는 능력도 갖춰야 한다. 이런 과정을 통해서 작가의 검증된 문장 구조를 체화할 수 있으며, 이후

: 선택적 필사의 힘 :

에 자신의 생각지도를 바탕으로 자신만의 어휘와 문체로 글을 쓸 수 있게 된다.

명문장의 구조를 먼저 파악한 이후에 베껴 쓰는 또 다른 이유는 자신의 생각을 표현하는 데 적합한 단어를 선택하기 위해 어휘력을 늘리는 데 있다. 감동적인 시와 소설 속에 담긴 아름다운 표현과 어휘들을 베껴 쓰면서 자신의 것으로 만드는 연습이 필요하다.

정리하자면 명문장의 구조를 먼저 파악하고, 핵심 문장을 필사한 후에, 바꿔 쓰고 고쳐 쓰는 과정을 거쳐야 한다. 이후에 자신만의 문장 구조를 바탕으로 시나 실용문을 써보는 과정을 통해 작가로 거듭날 수 있다.

음표 읽는 방법을 알고 선생님의 설명을 열심히 듣는다고 해서 피아노 치는 법을 터득할 수는 없다. 이론적으로만 아는 데서 그치지 않고 피아노 건반 위에 손을 올려서 실제 쳐보는 것이 중요하다. 때로 음표와 다른 건반을 누르기도 하겠지만, 숙달될 때까지 계속 연습해서 정확도를 높이면 된다. 작가의 글에 담긴 생각 패턴을 훔치고, 선택적 필사를 꾸준하게 함으로써 자신만의 글을 쓰고 저자로 거듭날 수 있다. 그 짜릿한 여정에 당신을 초대한다.

차례

제4장 나만의 생각지도 보강하기

제5장 작가 실전 수업

에필로그

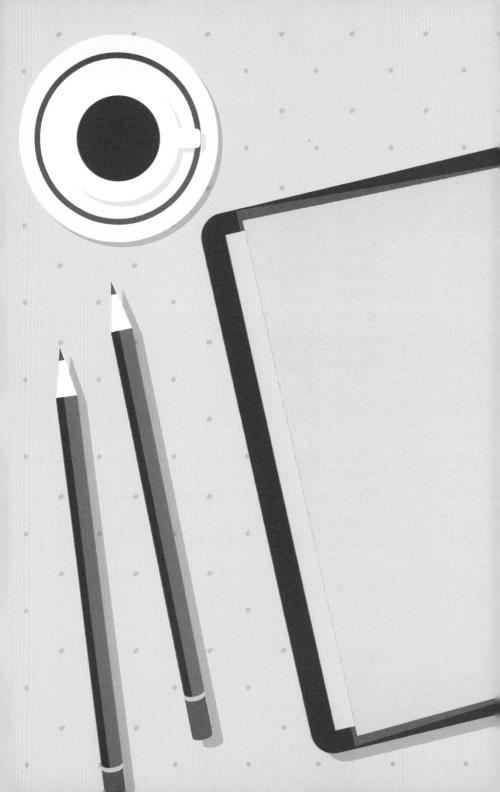

제1장

책 읽기의 완성,
선택적 필사

갖고 싶다면
옮겨 적어라

필사(筆寫)란 글쓰기에 관심 있는 사람들이 주로 글쓰기 실력을 높이기 위해 유명 작가의 글을 옮겨 적는 일을 말한다. 소수의 작가 지망생에게 오랫동안 사랑받아온 필사가 최근 대중적인 붐을 일으키고 있다. 출판사를 중심으로 시, 소설, 인문 고전 본문을 필사하는 책들이 인기를 끌고 있다. 디지털 중심의 동영상과 이미지가 대세임에도 아날로그 시대의 손맛을 느껴보려는 사람들이 점점 늘어나고 있다. 이어령 교수의 표현을 빌리자면, 창조적인 디지로그(디지털+아날로그)가 현실로 드러나고 있는 셈이다.

필사의 대중적인 인기에도 불구하고 필사의 효과에 대해서는 의견이 분분하다. 찬성하는 쪽에서는 문단의 대표 작가들이 견습생

: 선택적 필사의 힘 :

시절에 필사의 힘에 의지했다는 데서 근거를 찾는다. 공전의 베스트셀러 《엄마를 부탁해》의 작가 신경숙이 공장 노동자로 일하면서 필사를 한 일화는 유명하다. 열악한 환경에서 성장통을 겪던 그녀는 《난장이가 쏘아 올린 작은 공》을 옮겨 쓰며, 작가의 꿈을 꾸고 유명한 작가로 거듭났다.

필사 예찬론자로 《태백산맥》의 대작가 조정래를 빼놓을 수 없다. 그는 3,000여 페이지에 달하는 《태백산맥》을 아들 부부에게 베껴 쓰도록 했다고 한다. 표면적인 이유는 엄청난 인세 수입을 상속받기 위한 일종의 통과의례였다. 자신의 작품을 필사하게 함으로써 현대사를 관통하는 역사의식을 정신적인 유산으로 남겨주고 싶은 속 깊은 의도였다는 생각이 든다.

작가의 꿈을 가진 사람이나 인세를 물려받기 위한 수단 외에도 필사의 목적을 분명히 할 필요가 있다. 필사는 본문을 처음부터 끝까지 무작정 베껴 쓰는 게 아니라, 마음에 와닿는 구절을 옮겨 적는 것이어야 한다. 중요 구절을 찾기 위해서는 책 읽는 시간을 투자하고, 맥락에 맞게 중요한 단어나 구절을 뽑아내는 과정이 전제되어야 한다.

필사를 하기 위해서는 속독보다는 중요한 구절을 찾아 그 의미를 곱씹어보는 정독이 더 어울린다. 거기에 베껴 쓰는 시간을 더하면, 단순 독서에 비해 두세 배의 시간과 노력이 요구된다. 그런 점에서 독서법 이상으로 베껴 쓰기를 할 때도 본인에게 적합한 필사 방법이 필요하다.

필사가 가던 길을 잠시 멈추고, 울림을 줄 만한 글을 곱씹으며 인생의 흔적을 찬찬히 살펴보는 과정이기에 더욱 그렇다. 독서 후 필사를 통해 얻고자 하는 바를 정하고, 적정 시간을 배정하는 필사 전략이 필요한 이유다. 필자는 이를 '선택적 필사'라고 한다.

결론부터 말하자면 하루에 15분 정도의 필사 시간을 확보하는 것이 필요하다. 미리 중요하고 감동적인 구절을 찾아냈다는 전제가 깔려 있다. 필사를 하려는데 대상 구절이 정해지지 않았다면, 10분 이상의 독서 시간이 추가되어야 한다. 최소 10분 정도 책을 읽은 후에, 의미 있는 구절을 15분 정도 옮겨 써야 한다. 독서 시간과 필사 시간을 합하여 하루 30분 정도만 투자하면 작가의 길에 들어설 수 있다.

다음으로 필사를 시작할 때 고려해야 할 중요 요소가 필사할 작품을 선정하는 것이다.

첫째는 시 작품이다. 최근 인기 드라마에 PPL로 소개되고, 예쁜 표지와 본문 편집을 한 유명 시인의 필사 전용 책이 불티나게 팔리고 있다. 필자도 대형 서점에 갔다가 평범한 표지의 책보다 아름답게 포장된 화려한 필사 전용 책에 혹할 뻔했다. 생일 선물이나 연인의 기념일에 선물용으로 손색이 없는 필사 전용 책이었다. 시를 필사하는 것이 학창 시절 감동적인 시를 읽었던 추억을 불러내어 향수를 다시 느껴보고 싶은 이유일 수 있다. 그런 목적이라면 이처럼 시집을 골라 필사해도 좋겠다는 생각이 든다.

필사는 글쓰기로 떠나는 소풍이다. 필사하고 싶은 구절을 찾는 일이 마치 봄소풍의 하이라이트인 보물찾기처럼 가슴 설레고 즐거운 일이었으면 하는 바람이다. 굳이 유명한 시인이 추천한 대중적인 시를 필사해야만 (시를 쓰고 싶은) 감수성이 하늘의 별처럼 쏟아지는 게 아니다. 필사의 대상마저 표준화된 틀에 가두지 말았으면 한다.

필사는 책을 천천히 음미하며 깊은 의미를 발견하는 습관을 덤으로 가져다준다. 그런 측면에서 시는 필사의 좋은 글감이 될 수 있다. 필사를 하되, 시 한 편 중에 핵심 단어와 표현을 흘려보내지 않고 의미를 되새기며 자기화하려는 노력이 필요하다. 자신의 감수성을 풍부하게 할 만한 다양한 시를 접해보고 필사하고 싶은 자신만의 구절을 찾아보기 바란다.

시 다음으로 필사에 좋은 글감은 소설을 비롯한 문학작품이 주류를 이룬다. 박경리의 《토지》 같은 소설을 필사하다 보면 문맥의 흐름을 제대로 파악할 수 있다. 동시에 저자의 독특한 표현 방식과 상황에 따른 용어나 어휘 사용 방법을 더 깊이 접할 수 있다. 또한 등장인물들의 대화 중심으로 주제를 이끌어가는 기법이나 심리의 변화를 주변 대상물에 투영하는 기법도 더 확연히 느낄 수 있다. 좀 과장해서 말한다면, 필사로 작가의 두뇌를 헤집고 다니는 듯한 효과를 누릴 수 있다. 작가의 창의적인 생각 패턴을 합법적으로(?) 훔치는 행운을 거머쥘 수 있다.

선택적 필사는 장르별로 별도의 전문적인 작법 수업을 받지 않더라도 비교적 단기간에 필력을 향상시킬 수 있는 좋은 방법이다. 필사를 함으로써 작가의 집필 의도와 등장인물에 투영된 작가의 중심 가치와 감수성을 읽어낼 수 있다. 그가 작품 전체를 이끌어가는 주된 전개 방식을 가늠해볼 수 있다.

또 한편으로는 필사하는 작품의 저자가 되어 주제를 풀어가는 데 저자와 자신의 생각이 어떻게 다른지 생각해보는 기회도 된다. 저자와 대화하며 다음 장면에서 등장인물이 어떤 대사를 할지 예상해보는 것도 독특한 경험이 될 것이다. 인기 있는 드라마를 몇 차례 보고 나면 가끔은 대사를 예상할 수 있게 되는데, 그 효과를 단 한 번의 필사로 체험할 수 있다.

단순히 눈으로 보는 문장과 한 단어 한 단어 직접 손으로 옮겨 적는 문장은 느낌에서 확연하게 차이가 난다. 독서가 자전거를 타고 달리면서 풍광을 즐기는 것이라면, 필사는 경치 좋은 곳에 잠시 멈춰서 사진을 찍는 것과 같다. 당연히 사진을 찍어두면 나중에 추억을 회상할 때 더 선명하고 감동도 크다. 독서는 맛있는 요리를 먹는 것에 비유할 수 있다. 필사는 한 잔의 와인을 음미하며 그 향취를 즐기고, 마지막 한 방울에 온몸이 전율하는 느낌이라 할 수 있다. 필사가 독서의 완성이라 할 수 있는 여러 이유 중 하나가 이것이다.

눈만이 아니라
손으로도 읽어라

● 손에 무슨 맛이 있을지 의심스럽지만, 유독 우리나라 사람들은 '손맛'에 열광한다. 전통적으로 우리네 어머니들은 김치를 담글 때 고무장갑을 끼지 않으셨다. 맨손으로 온갖 양념을 버무리셨다. 간혹 어머니께서 김치 한 쪽을 쭉 찢어 간 좀 보라고 하실 때가 있었는데 "역시 김치는 손맛"이라며 치켜세워드리곤 했다.

골프를 즐기는 사람들도 골프채를 선택하거나 폼 나게 스윙 연습을 할 때 손맛을 중요하게 생각한다. 손맛에 대한 구체적인 정의는 어느 골프 연습 매뉴얼에서도 찾아볼 수 없다. 그런데도 손맛을 잊지 못해 새벽마다 골프 연습장을 찾고, 비교적 비싼 비용을 내고 필드에 나간다.

'역시 편지는 손으로 써야 제맛'이라는 말이 유행처럼 떠돌던 시절이 있었다. 디지털 시대가 본격적으로 오기 전의 일이다. '응답하라 1988' 세대의 연애 풍속도에 어김없이 등장하는 소재가 연애편지다. 당시 청춘들은 예쁜 편지지를 골라 손맛이 좋은 만년필이나 볼펜을 준비했고, 연인을 향한 애틋한 감정을 담아 우체통에 넣던 추억의 순간들이 있었다.

요즘 커피숍에 가면 연인들끼리 마주 앉아서도 거의 대화를 하지 않는 듯하다. 서로 얼굴을 보고 대화를 하기보다는 연신 키득거리며 카톡으로 문자를 주고받는 풍경을 심심찮게 볼 수 있다. 이런 시대이니 편지지에 연애편지를 쓰는 사람은 '별에서 온 그대'이거나 '푸른 바다의 전설'에 나오는 인어일지도 모른다. 손글씨로 연애편지를 쓰는 일은 디지털 시대에 또 하나의 전설이 되었다.

한편 디지털 시대에 산다고 해서 글쓰기 자체의 위력이 약해진 건 아니다. 다양한 메일 주고받기, 개인 블로그, 페이스북, 트위터 등에서 일상적인 글쓰기가 이루어지고 있다. 글을 잘 쓰고 싶다는 욕구들은 점점 커지고 있다. 문화센터나 개인 작가들이 임차한 스터디 공간에서 다양한 글쓰기 수업이 인기를 끌고 있다. 종이 위에 연필로 손수 글을 쓰는 방식에서 스마트폰이나 컴퓨터로 글을 쓰는 수단으로 변화가 일어났을 뿐이다.

마치 연어가 물길을 거슬러 올라가는 것처럼, 독서와 글쓰기 세계에도 손맛이 등장하여 출판계의 한 축을 이끌어가고 있다. 그 손맛은 유명 작가의 작품을 손수 베껴 쓰는 필사 열풍이다. 특히 눈에 띄는 것이 20대 여성 등 젊은 세대가 필사 유행의 중심에 서 있다는 점이다.

김용택 시인이 출간한 표지에 '감성 치유 라이팅 북'이라는 문구가 눈에 띈다. 그가 추천한 101편의 감성적인 시를 베껴 쓰는 형태로 구성되었다. 시에 담긴 의미와 감수성에 공감하며 필사하면서 스스로 치유의 시간을 갖는 콘셉트다. 최근에 부쩍 어려워진 대내외적 환경에 노출되어 지친 삶을 살아가는 독자들에게 '치유'라는 키워드가 크게 어필한 부분이 있다.

정신건강 전문의들도 필사의 직접적인 효과로 '치유'를 제시한다. 복잡다단한 현실에서 잠시 비켜나 자신만의 조용한 공간에서 시를 한 줄 한 줄 옮겨 적으며, 짓누르는 마음의 짐을 내려놓는다. 깊은 감수성의 바다에 자신을 온전히 침잠시키는 과정을 통해 평정심을 되찾을 수 있다.

그런데 101편의 시를 필사하다 보면 자신만의 시를 쓸 수 있다는 홍보 문구가 현실에서 이루어질 수 있을까? 인터넷 서평 어디를 봐도 101편의 시를 필사하고 나니 자신만의 시를 쓰게 되었다는 사람은 찾아볼 수 없었다. 그래서 진지하게 왜 유명 시인이 추천해준 시들만 필사해야 하는지 근본적인 질문을 하게 되었다. 블로그에 시를 써보자는 코너를 마련하고 시를 쓰고 있는 입장이라 질문의 내용이 깊어졌다. '유명 시인이 추천한 시들이 최근에 시를 쓰고 있는 내 감성에 울림을 주고 있는가?'라는 진지한 질문에 '글쎄요'라는 노란

불이 켜졌다.

필자는 정호승 시인의 산문집을 읽다가 마음을 울리는 한 구절을 마주치면 가슴이 설레어 시를 쓰는 경우가 있다. 서울에서 출발해 울산역에 도착한 새벽녘, 때 예상치 않았던 유화 전시회의 그림을 보고 시심이 발동하기도 했다. 전국에 첫눈이 내렸는데 울산에만 눈이 내리지 않았을 때는 '내 마음에 눈이 꽃으로 내릴 때'라는 시를 썼다.

자신만의 시를 쓰기 위해 꼭 유명 시인이 추천한 시를 필사해야 한다는 원칙이 따로 없다는 말이다. 유명 시인들의 중심 생각이 반영된 시의 고유한 구조나 리듬을 파악하고, 중의성을 내포한 단어의 교체와 고쳐 쓰기를 통해 자신만의 시를 쓰면 그만이다.

작가의 생각을 담은 한 편의 시를 깊게 보기 위해서는 구조, 음률, 이미지, 어조, 의미 영역에서 분석이 필요하다. 하지만 이 5개 영역 중에서 시의 구조를 먼저 파악하고 일부 단어를 교체하고 고쳐 쓰기를 하면 한 편의 시를 무난하게 써낼 수 있다.

이어지는 장들에서 유명 시인의 생각을 담은 시의 독특한 구조를 해부하고 옮겨 쓴 후에 자신만의 시를 쓰는 방법을 단계적으로 자세하게 제시할 것이다. 문학 작가들 중에서도 천재성을 가진 작가들만 쓸 수 있다는 시 창작의 세계에 발을 디뎌볼 좋은 기회가 될 것이다. 유명 시인들의 생각지도를 훔치면, 굳이 101편의 시를 필사하지 않더라도 자신만의 시를 쓸 수 있다. 자신만의 시를 쓰는 데 관심이 많은 독자라면 4장으로 직행해도 좋다.

: 선택적 필사의 힘 :

독서와 글쓰기를
이어주는 필사

- 아직도 내게 책들이 읽어 달라 손짓하네요

  그날을 생각하자니 어느새 다가온 마감

  빈칸을 오가는 마음 어디로 가야만 하나

  내 손은 갈 곳 모르고 외로워 헤매는 미로

  누가 나와 같이 함께 울어 줄 사람 있나요

  누가 나와 같이 함께 따뜻한 동행이 될까

  글을 쓰고 싶어요, 빈 원고 채울 때까지

  책을 읽고 싶어요, 영감 오는 날까지

가수 최성수의 대표곡인 〈동행〉을 개사한 내용이다. 읽어야 할 책도 잔뜩 쌓여 있고, 원고 마감 시간을 앞둔 작가의 답답한 심정을 빗대어 표현해보았다.

독서와 글쓰기 사이를 오가며 울어줄(?) 따뜻한 동행은 누구일까? 연인이 유명 작가가 아닌 이상 그 누구도 동행해줄 수 있는 상황이 아니다. 최근에 수강한 글쓰기 강좌의 강사나 책 쓰기 코치도 그 자리를 대신해줄 수 없다.

독서와 글쓰기는 철저하게 창조적인 홀로서기를 연습하는 과정이다. 당신의 글쓰기가 더는 진전되지 않을 때, 잠시 멈춰라. 책을 읽어도 글감이 잡히지 않는다면, 그대로 잠시 멈춰라. 궁둥이 붙이고 버틴다고 번뜩이는 영감이 한 줄기 빛처럼 다가오진 않는다. 잠시 심호흡을 하고 마음을 가다듬으라. 3초 호흡이면 충분하다. (오호통재라! 명상이라니!)

지금부터 독자와 나는 '손으로 하는 명상'을 시작할 것이다. '손으로 하는 명상'은 필사를 의미한다. 마리아 토마스가 쓴 《젠탱글》을 보면, '단순하고 반복적인 문양으로 이루어진 그림은 누구든지 쉽게 그릴 수 있고, 깊은 생각과 몰입을 유도한다'라는 내용이 나온다.

젠탱글은 'Zen(선(禪))과 tangle(복잡하게 얽힌 선(線))의 합성어'로 명상과 치유의 낙서를 의미한다. 캘리그래퍼였던 저자가 원고의 진도가 나가지 않자, 원고 귀퉁이에 낙서를 하면서 시작되었다. 단순한 그림을 반복적으로 그리자 흐트러진 마음이 집중되고 마음이 가벼

워졌는데, 그 느낌을 승려 출신 동료와 체계화한 것이다.

단순하게 책의 본문을 반복적으로 베껴 쓰는 손으로 하는 명상도 글쓰기에 쫓기는 분주한 마음에 여유를 가져다준다. 독서와 글쓰기를 오가느라 분산된 생각을 통합하는 기능도 한다. 글쓰기가 정신적인 작용의 산물이라는 점을 고려할 때 평정심을 찾는 명상은 그 자체로 의미가 있다. 창조적인 글쓰기는 평정심의 알파파 상태에서 당신에게 주어지는 선물이다.

책을 읽어도 영감이 떠오르지 않고 글감이 더는 생각나지 않을 때, 제2의 뇌인 손을 사용해야 한다. 손을 사용하되, 당신이 옮겨 적어야 할 책의 본문 내용도 중요하다. 그렇다고 영감을 가져다줄 수 있는 영성 서적이나 고전만 필사해야 한다는 말은 아니다.

현재 당신이 읽고 있는 책을 눈으로만 읽는 데 그치지 말고, 지금 당장 노트를 꺼내어 당신에게 울림을 주는 글을 베껴 쓰라. 울림을 주는 문장이란 당신이 읽다가 밑줄을 쳐둔 문장들이다. 문장을 옮겨 적다 내용과 연관돼서 떠오르는 생각을 가벼운 마음으로 메모하면 된다. 떠오른 생각들을 붙잡아 실마리로 삼아서 글쓰기를 다시 시작하면 된다.

설령 당장 글을 쓰기 위한 아이디어나 글감이 떠오르지 않는다고 하더라도 실망할 필요가 없다. 필사를 하다 보면 마음이 안정되고 외부의 정보를 받아들일 최적의 상태가 된다. 그 상태에서 당신이 당장 써야 할 본문 내용과 관련된 독서를 시작해도 좋다. 독서를 통해 당신 안으로 들어온 지식을 글쓰기의 재료로 삼아 당신의 글을 다시 써나가면 되기 때문이다.

필사는 독서와 창의적인 글쓰기를 이어주는 징검다리 역할을 한다. 독서 후에 하루만 지나도 70퍼센트 이상이 기억에서 사라진다. 필사를 하면 그중 50퍼센트 이상을 당신의 기억에 붙잡아둘 수 있다. 그리고 당신이 글쓰기를 시작하면, 그 기억들이 하나둘씩 글감을 내어줄 것이다.

속독법이 유행처럼 번지고 있는 상황에서 당신이 읽은 내용을 얼마나 기억하고 있는지 스스로 점검해보기 바란다. 일 년에 수백 권의 책을 읽은 후에 당신이 기억해낼 수 있는 내용이 과연 책 한 권 분량이 되는지 살펴볼 필요가 있다.

보통 연관된 주제의 책을 100권 정도 읽으면 그 분야의 책을 쓸 수 있는 준비가 된 셈이다. 보통 한 권의 책을 집필할 때 인용하고 참고하는 서적이 최소 50권 정도이니, 100권의 독서량이면 충분히 책을 쓸 수 있다. 최근에 인터넷에서 접한 얘기로는 자기계발에 관심 있는 사람들의 기본적인 독서량이 연간 200권이 넘는다고 한다. 그렇다고 그들 모두가 작가가 되는 건 아니다.

책을 읽되 얼마나 기억에 남기느냐가 중요하다. 책을 읽되 자신만의 독특한 관점으로 건져 올린 핵심 내용에 대한 해석 자료들이 축적되어야 출간을 할 수 있다. 필사는 책의 핵심 내용을 곱씹어보는 과정을 통해 핵심 내용을 장기 기억에 저장시키며, 발견한 의미를 자기화하는 순기능을 수행한다.

또 한 가지 고려해야 할 점은 책을 많이 읽는다고 자연스럽게 글을 잘 쓰게 되고 책을 쓸 수 있는 것이 아니라는 사실이다. 필자 주변에는 일 년에 수백 권의 책을 읽고 나름대로 서평을 써서 올리고 블로그도 운영하는 이들이 많다. 그런데 정작 자신의 이름으로 책을 내는 이는 드물다.

독후감은 책에 대한 감상이나 느낌 위주로 흘러가는 측면이 강하다. 문화센터에 서평 쓰기 강좌가 인기를 누릴 만큼 사람들이 서평 쓰기에 열을 올리기도 한다. 유명한 서평 강좌일수록 서평을 쓰기 위한 검증된 기본 틀이 정해져 있음을 기억하라. 주어진 서평의 틀에 책의 내용을 단순하게 요약하는 행위는 마치 붕어빵 기계에 밀가루 반죽을 부어 비슷한 붕어빵을 구워내는 일과 비슷하다. 붕어빵 구워내는 일을 깎아내리는 것이 아니다. 글쓰기 수준이 표준화된 틀에 갇혀서 제자리걸음을 할 수 있다는 가능성도 면밀하게 고려해봐야 한다.

이에 반해 선택적 필사는 다른 사람의 책을 읽되 본인이 주체적으로 자신에게 의미 있고 울림을 주는 문장을 골라낸다. 틀이 정해진 글쓰기가 아니고, 옮겨 적는 과정에서 얼마든지 변형할 수 있다. 유명한 작가의 문체나 구조를 그대로 본떠서 체화하려는 목적이라면 토씨 하나 틀리지 않게 베껴 쓰는 방법도 있다. 하지만 궁극적으로 자신의 문체나 글쓰기 스타일을 창조하기 위해서는 또 다른 연습이 필요하다. 문장의 의미는 유지하되, 소화한 내용을 자신의 글로 옮겨 쓰는 연습을 병행해야 한다.

선택적 필사는 독서와 창의적인 글쓰기를 오가며 당신이 작가로 거듭날 수 있게 도와주는 조력자이자 동행자이다. 단순하게 베껴 쓰기, 일부 단어나 문장을 교체하는 바꿔 쓰기, 기본 의미는 유지하되 자신의 언어로 글을 쓰는 고쳐 쓰기 과정을 통해 자신만의 글을 쓸 수 있다. 선택적 필사의 3단계를 거치다 보면 작가로 가는 길이 보일 것이다.

선택적 필사를 한다고 해서 당장 누구나 작가가 될 수 있다는 허언으로 독자들을 현혹할 생각은 추호도 없다. 작가의 생각지도를 파악한 이후에 이어지는 창조적 필사가 비록 작가가 될 수 있는 유일한 비책은 아니지만, 당신이 작가로 가는 길에 의미 있는 동행은 되어주리라 확신한다. 동행을 찾기 위해 이리저리 헤매거나 멀리 여행을 떠날 필요도 없다. 지금 이 순간, 노트 위에 울림을 주는 문장을 옮겨 적는다면 작가로 가는 길의 동행이 시작된다.

유배지의 다산이
자식에게 들려준 조언

필자가 지방에 홀로 발령을 받아 퇴근 후에 날마다 드라마를 보고, 영화를 보며 소일하고 있을 때였다. 첫 번째 책을 공저한 김수호 작가님이 강진에 유배 가서 500권을 저술한 다산 정약용 선생처럼 책을 써보라고 했던 기억이 떠오른다. 그 일이 계기가 되어 두 번째 단독 저서의 초고를 한 달 만에 완성하고, 출간 계약을 하기도 했다.

다산 정약용 선생은 조선 말기의 실학자로 《목민심서》를 비롯한 500여 권을 저술했다. 다양한 분야의 깊이 있고 실용적인 책을 저술하여 통섭의 지식인으로 추앙받는 인물이다. 1801년부터 18년 동안 저술한 500권의 책을 베껴 쓰자면 족히 수십 년이 걸린다고 한다. 당시 유배지에서 제한된 자료와 서책을 가지고 500권을 저술했다는 사실이 놀라울 따름이다. 평범한 사람들은 그만큼을 읽기도 힘든데 어떻게 쓴 것일까, 비결이 궁금해졌다.

《다산선생 지식경영법》에서 한양대 국문과 정민 교수가 정약용 선생의 방대한 저술 원리와 비결을 설명해주고 있다. 그 핵심에 초서(抄書)가 자리 잡고 있다. 초서란 자신이 관심을 가지고 쓰고자 하는 책을 염두에 두고 주제와 연관된 내용을 발췌하고 베껴 쓰는 일이다.

필자는 이를 '선택적 필사'라는 용어로 정의한다. 부분 필사와 비슷하지만, '선택적'이라는 말에는 '분명한 목적을 가지고 뽑아낸 핵심 자료'라는 의미가 담겨 있다. 지식의 체계화를 통해 자신의 책을 쓰기 위해 필요한 핵심 연관 자료들을 찾아내고 베껴 쓰는 일련의 과정이 선택적 필사다.

선택적 필사를 통해 궁극적으로 자신의 글을 쓰고 책을 쓰기 위해서 정약용 선생의 독서법과 필사 방식을 다시 살펴볼 필요가 있다. 우선 다산 선생의 독서법 이면에는 세상을 따뜻한 마음으로 바라보는 인간 중심의 관점과 가치관이 자리 잡고 있다.

유배지에 가 있으면서도 오로지 후세들의 장래를 걱정하며 그들의 앞길을 밝혀줄 등대 같은 책들을 저술하기 위해 날마다 독서하고 필사했다. 하지만 현실적으로 볼 때, 날마다 독서와 필사를 지속적으로 하기 위해서는 강력하고 근원적인 동기가 필요하다.

: 선택적 필사의 힘 :

'목적이 이끄는 삶'이 중요하고 그 목적을 기준으로 삶의 우선순위가 자연스럽게 정리된다. 마찬가지로 확고한 목적이 이끄는 독서와 필사도 중요하다. 분명한 독서의 목적이 있으면, 당장 봐야 할 책과 잠시 미뤄두어야 할 책이 가려지게 된다.

독서하고 필사할 우선순위를 정할 때 가장 중요한 포인트는 궁극적으로 자신이 쓰고자 하는 핵심 주제를 정하는 일이다. 핵심 주제는 책의 장르나 집필 성격에 따라 책 제목이 될 수도 있고, 기획자들이 중시하는 책의 콘셉트가 될 수도 있다. 책의 콘셉트와 제목을 중심으로 책의 뼈대인 목차가 정해진다. 목차를 중심으로 글을 써서 책의 내용을 구성하기 때문에 핵심 주제를 결정하는 것이 중요한 의미를 갖는다.

다산 정약용은 강진 유배지에서 제자와 자녀들에게 핵심 주제를 중심으로 한 초서, 즉 선택적 필사의 중요성을 여러 번 강조하였다. 정민 작가는 《다산어록청상》에서 자신이 쓰고자 하는 주제를 정하고 목차를 기준 삼아 다른 사람의 책에서 연관된 내용을 간추려내라고 조언한다.

책의 설계도인 목차는 주제를 뒷받침하는 4~5개 정도의 장으로 이루어져 있다. 장 제목이 5개라면 장별로 6~7개의 소주제, 꼭지로 구성되어 있다. 장르마다 차이가 있지만, 한 꼭지를 자신의 생각으로만 채워 넣을 순 없다. 자신이 주장하는 바를 뒷받침하는 인용이나 사례로 쓸 만한 내용을 필사했다가 글이나 책을 쓸 때 활용해야 한다.

다산이 살았던 18세기와는 달리 우리는 지식과 정보가 흘러넘치는 후기 정보화 시대에 살고 있다. 수많은 종류의 책과 인터넷 검색을 통해 방대한 정보에 접속할 수 있다. 문제는 엄청난 정보를 자기 것으로 만들어 자신의 목적에 맞게 활용하는 것이다. 체계를 세워 지식으로 전환해야 의미가 있다.

우선 자신의 관심 분야를 정하고 핵심 주제를 대표할 수 있는 키워드를 가지고 독서를 하거나 정보 검색을 하면 된다. 거기에 참고할 만한 다른 자료와 자신의 독특한 경험을 버무리면, 훌륭한 자신만의 작품을 창조해낼 수 있다. 사람에 따라 그 작품이 논문이 될 수도 있고, 리포트도 될 수 있고, 한 권의 책이 될 수도 있다.

다산이 강조한 초서는 책을 쓰기 위해 필요한 부분을 베껴 쓰는 방법이자, 책을 제대로 읽는 최고의 방법이기도 하다. 특히 선택적 필사를 통해 훌륭한 문장을 뽑아내고 온몸으로 독서하는 과정을 통해 독해력을 함양하고 필력을 향상시킬 수 있다.

필사는 독자를
작가로 나아가게 해준다

삶은 자신을 발견하는 과정이 아니라

자신을 창조하는 과정이다.

_조지 버나드 쇼

인생을 살다 보면 '나는 누구인가'에 대한 근본적인 질문 앞에 당황스러워질 때가 있다. 자신의 정체성은 상황에 따라 변할 수도 있다. 본인이 처해 있는 상황이나 주로 온종일 머무는 공간의 특성에 따라 역할 기대가 달라진다. 조직의 구조를 갖춘 직장에서 일하게 되면 직위와 직책이 주어진다. 거기에 걸맞은 권한이 주어지고 책임이 부여된다.

가정에서는 남편 또는 아내로서 역할을 한다. 사회에서는 권한과 책임의 범위에 따라 임원이나 팀장, 팀원으로 살아간다. 그 역할 기대는 세월에 흐름에 따라 관장 범위와 책임의 깊이가 달라질 뿐 큰 틀에서 급격한 변화는 이루어지지 않는다. 다른 사람들과의 관계 속에서 자신의 정체성이 규정되고, 주어진 역할 기대에 부응하며 살다가 인생을 마감하게 된다. 주로 평생 고용이 보장된 성장 중심의 산업화 시대에는 이와 같은 삶의 패턴이 지배적이었다.

한편, 세계적인 장기 불황과 IMF 구제 금융을 받은 후에는 구조조정이 상시화되었다. 평생 고용 보장이라는 장밋빛 인생 패턴이 무너지기 시작했다. 주로 회사의 명함으로 자신의 정체성을 확인받고 살던 보통 사람들이 자의 반 타의 반 회사를 나온 후, 정체성의 혼란을 겪게 된다. 고령화 사회로 접어들면서 퇴직 후나 중간에 자신의 일터를 잃게 되는 사람들은 상대적으로 길어진 기간 동안 정체성의 혼란을 겪을 수도 있다.

현실적으로 일부 소수에게만 주어진 기회이지만 성공적인 이직을 통해서 당당하게 인생 2막이나 3막을 열어가는 방법도 있다. 주어진 환경이나 조건에 맞게 자신의 정체성을 다시 규정하거나 규정받으며 삶을 유지하는 것이다.

현실적으로 위험천만한 일이긴 하지만, 외부에서 주어지는 환경에 자신의 정체성을 규정받지 않고 주체적으로 삶의 패턴을 선택하는 방법이 있다. 한동안 1인 기업이라는 콘셉트가 들판에 불이 번지

듯 유행하던 시절이 있었다. 1인 기업으로 창업을 하고, 1인 기업으로 전환하는 데 필요한 소양 교육이나 방법론을 전해주는 교육이 잠시 인기를 끌기도 했다.

1인 기업의 장밋빛 미래를 제시하며 고가의 교육과정을 운영했던 전문 강사들은 한동안 짭짤하게 수강료를 챙기기도 했다. 특히 산업 강사 훈련을 받아 1인 기업으로 억대 연봉을 벌 수 있다는 비전 제시 전문가들이 그런 부류에 속한다. 직장인의 불안 심리를 이용해서 이른바 자기계발 업계에서 공공연하게 이루어졌던 일이다. 그렇지만 노동 시장의 유연성이 떨어지는 한국적인 상황에서 1인 기업이 설 자리는 그리 많지 않았다. 정작 그런 내용을 가르쳤던 전문 강사들조차 근황을 들어보면 자신이 가르쳤던 내용과 다른 삶을 살고 있다.

당신은 자신의 정체성을 어떻게 정의하고 살아가고 있는가? 먹고 살기 바빠서 그런 한가한(?) 질문에 답변하는 건 사치라고 할 수도 있다. 그러나 한 번뿐인 인생 아닌가. 현재 머물고 있는 직장이나 영위하는 사업의 수명이 다할 때가 있다는 사실을 한 번쯤 생각해보는 것도 의미가 있다.

필자가 말하는 정체성에 대한 논의는 인간은 어떤 존재인가에 대한 근본적이고 철학적인 질문과는 조금 거리가 있다. 자의든 타의든 직장을 나오더라도 평생 자신이 하고 싶은 일이 무엇인지 한 번쯤 생각해보라는 현실적인 제안이다.

필자가 선택한 대안은 작가로서의 삶이다. 주어진 삶에 맞춰서 사는 방식을 언젠가는 끝낼 수밖에 없다는 현실적인 이유에서 출발했다. 그럼에도 관심 있는 분야를 공부하고, 체험한 결과를 글로 써서 책이라는 창조적인 결과물을 낼 수 있다는 매력이 있기 때문이다.

직장에서 주어지는 직무 관련 교육을 벗어나 자기계발에 열을 올리는 사람들의 공통적인 특징이 있다. 자비로 야간 MBA 과정이나 대학원에 등록해서 학위로 자신의 스펙을 올린다. 시간과 경제적인 이유가 있다면 해봐도 좋을 일이다. 그럼에도 투자한 만큼의 유용성에 대해서는 객관적으로 검증되거나 입증된 바가 없다.

한편 주목해야 할 것이, 제도권을 벗어난 이른바 퍼블릭 시장에서는 왕성한 독서 의욕으로 무장한 사람들이 다양한 자기계발 강의를 수강한다는 사실이다. 거기에 덧붙여 블로그가 활성화되면서 자신의 일상을 포스팅한다. 자신이 읽은 책의 서평을 올리고, 영화의 감상평을 올린다. 블로그 이웃들과 소통하면서 일상의 에피소드를 공유하고, 생활 정보를 주고받기도 한다. 특히, 패밀리 레스토랑이나 맛집에 가면 서로 약속이나 한 듯이 음식 사진을 찍어 올린다.

어떤 형태로든 자신을 표현하고 싶은 욕구가 강한 성향의 사람들이 추구하는 삶의 방식이다. 필자가 어느 자기계발 모임에서 개인 블로그가 잠자고 있다는 이유로 '간첩'이라는 놀림을 받았을 정도다. 우리는 이처럼 블로그를 통한 자기표현이 일상화된 세계에서 살고 있다.

SNS에서는 일반적으로 다양한 이미지를 설명하는 짧은 글쓰기가 주류를 이룬다. 트윗을 하고, 페이스북을 하면서 다양한 글을 쓰지만 대부분 간단한 글쓰기에 머무르는 수준이다. 그마저 글쓰기가 안 되는 사람들은 서평 전문 과정에 등록하기도 하고 문화센터나 글쓰기 전문가들이 개인적으로 운영하는 과정에 등록해서 글쓰기를 배운다.

그 와중에 고용 불안을 느끼는 직장인들, 퇴직 후 창업에 두려움을 느끼는 사람들, 최근 자기계발 열풍의 중심 세력으로 등장한 주부들을 중심으로 책 쓰기 광풍이 대한민국을 휩쓸었다. 몇백만 원에서 몇천만 원에 이르는 고가의 책 쓰기 과정을 운영했던 사람들이 내세운 마케팅 문구는 비슷하다. 책을 쓰면 1인 기업으로 억대 연봉을 벌 수 있다는 사탕발림이었다. 10년 전에 1인 기업으로 억대 연봉을 벌 수 있다고 광고했던 이들과 유사한 맥락이다.

필자가 왕성하게 활동하고 있는 책 쓰기 코칭 수업을 들은 경험을 살려서 하는 말이니 귀담아듣기를 바란다. 어떤 책 쓰기 코치를 만나더라도 본문은 본인이 직접 써야 한다. 초보 작가 입장에서 책의 설계도인 목차를 잡는 게 상당히 어려운데, 무료로 목차를 잡아주는 책 쓰기 코치를 만나는 건 정말 행운이다.

그렇다 해도 이후 본문을 집필하는 건 오롯이 본인의 몫이다. 본인이 직접 쓴 허섭스레기 같은 초고라도 나와야 친절한 책 쓰기 코치의 지도를 받아서 출판사에 투고할 수 있다.

책을 쓰기 위해서는 목차의 소주제가 나와 있다는 가정하에 아래아한글이나 마이크로소프트 워드 프로그램에서 폰트 10인 상태로, A4 기준 두 장 반에서 석 장을 써낼 수 있는 글쓰기 능력을 갖춰야 한다.

단도직입적으로, 본인이 쓰고 싶은 분야의 전문 작가가 쓴 책을 선택적으로 필사하기 바란다. 단순하게 베껴 쓰는 기계적인 필사를 말함이 아니다. 우선 한 꼭지를 이루고 있는 문단의 틀이 어떻게 구성되어 있는지 체크하면서 꼼꼼하게 옮겨 써보라. 보통 문단의 제일 처음과 끝에 중심 문장이 배치되니, 그 사실을 의식하면서 옮겨 쓰기를 시도하라.

다음으로 저자가 주장하는 중심 문장과 중심 문장의 메시지에 대해 근거를 제시하거나 부연 설명을 하는 뒷받침 문장이 무엇인지 구분하며 필사를 진행하라. 필자가 열거한 관점만 가지고 꾸준하게 필사해도 문단의 구조가 눈앞에 드러나게 된다. 문단의 구조가 어느 정도 눈에 보이거든 한 문장을 표현하는 수식어나 어휘들의 사용법과 표현법을 의식하면서 차근차근 필사하라. 꾸준하게 필사하다 보면 문장을 쓰는 방식에도 익숙해진다.

다음 장부터는 선택적 필사를 어떻게 하면 되는지에 대한 방법론을 제시할 것이다. 다만, 글쓰기나 필사는 방법론을 듣는다고 배워지는 일이 아니다. 내 손과 머리로 해봐야만 한다. 지금 당장 당신이 관심 있는 분야의 책을 선택해서 울림을 주는 문장에 밑줄을 치라.

그 문장들을 실제로 옮겨 써야 필력이 향상되고, 책이라는 창조적인 결과물을 만들어낼 수 있다.

제2장

—

필사는
그 자체로 창조다

손과 뇌의
창조적 하모니

● 이중주는 두 대의 악기를 동시에 연주함으로써 단독으로 연주할 때와는 사뭇 다른 선율과 감동을 자아내는 음악적 기교다. 피아노와 바이올린, 음악 전문가가 아니더라도 확 달라 보이는 두 대의 악기가 주거니 받거니 연주를 시작한다. 바이올린 선율이 앞서 나가는 것 같지만 피아노 선율도 만만찮게 뒤를 쫓아간다. 연주자들은 각자 연주를 하면서도 악보를 중심으로 서로의 생각과 감정을 공유하며 연결되어 있다.

두 악기의 협연이 클라이맥스로 치달으면서 색다른 음악의 세계로 관객들을 몰입시킨다. 후반부에는 앙상블을 이루며, 관객들에게 잊지 못할 감동을 안겨준다. 관객과 좀 더 가까운 위치에 서 있는 바

: 선택적 필사의 힘 :

이올린 연주자가 피아노 연주자보다 돋보인다. 그럼에도 연주를 주고받으며 또 다른 예술 세계를 창조해나간다.

이와 마찬가지로, 우리 신체에서도 움직임이 활발하게 보이는 손과 외견상 조용한 뇌가 협력하여 창조적인 활동의 근간을 이룬다. 손은 '제2의 뇌'라고 할 정도로 활발한 손놀림이 통찰력을 일깨우고, 뇌의 주요 기능인 창조성을 촉발한다.

앞서 예로 든 피아노 연주자나 바이올린 연주자들이 악보를 보는 순간, 뇌가 악보에 적힌 음의 높낮이 등 음의 고유한 특성, 음가(音價)를 인지한다. 뇌는 손 근육에게 피아노 건반을 누르고 바이올린 현을 켜서, 특정 음가를 제대로 연주하라고 지시한다. 손가락이 특정한 건반 위치를 누르고 현의 위치와 각도를 켜는 순간 흘러나오는 소리를 듣고 뇌는 악보와 일치하는지를 판단한다. 이해를 돕기 위해 차례대로 설명했지만, 뇌와 손은 거의 동시에 특정 음가와 구현된 소리를 기준으로 서로의 작용을 피드백하며 예술적인 연주를 이어나간다.

일본의 대표적인 뇌 과학자인 구보타 기소우는 《손과 뇌》에서 "창의성은 손의 왕성한 활동에서 나온다"라고 주장했다. 그러면서 일상생활에서 손을 활발하게 사용함으로써 창조력을 주관하는 뇌의 전두엽을 활성화시켜야 한다고 강조했다. 활발한 손놀림으로 새로운 작품들을 만들어낼 수 있는 창조적 비전을 제시했다.

전두엽 전 영역을 이용해서 새로운 도구나 새로운 작품을 만들어내야 한다. (…) 지금까지 해온 수작업을 자주 하는 것이 좋다. 단순 작업을 반복하면 각각 다른 요소의 운동 패턴의 학습이 유지될 뿐 아니라, 단순 반복이 일정한 리듬으로 신경계를 활성화하기 때문에 정신의 안정이 유지된다. 이것은 손을 창조적으로 사용하는 것이 중요한 이유를 알려준다.

_ 구보타 기소우, 《손과 뇌》

결국 끊임없이 손을 사용해야 현재 수준의 창조적인 두뇌를 유지하고, 창의적인 사고로 세상에 유용한 새로운 도구나 창작품을 선보일 수 있다는 얘기다. 우선 창조성을 관장하는 전두엽의 특성을 이해하고 전두엽 영역을 활성화할 수 있는 일에 매진하는 것이 현명한 선택이다.

전두엽은 대뇌의 일부분으로 뇌의 전면에 자리 잡고 있다. 주로 인간의 고등 사고력, 상황 판단 능력, 뇌로 입력되는 각종 정보를 조율하는 종합 상황실의 기능을 한다. 동시에 맥락을 짚어내고 근본 원인을 추적하는 추리력과 소통을 통한 공감 능력도 관장한다.

고등동물의 대표적인 특성인 정교한 손동작은 대뇌의 핵심 부위인 전두엽의 작용으로 가능하다. 손을 활발하게 움직이거나 손에 터치하는 느낌들이 뇌로 전달되면서 뇌가 활성화된다. 구보타 박사는 연구 결과 손을 통해 뇌로 전달된 자극이 전두엽에서 신경전달물

: 선택적 필사의 힘 :

질을 활성화하여 인지 능력과 신체 능력을 발달시킨다고 밝혔다.

유아 시기에 재미로 하는 손을 폈다 접었다 하는 잼잼이 놀이나 표면이 울퉁불퉁한 소재를 만지게 하는 촉감 놀이가 유아의 두뇌 발달에 영향을 미친다. 특히, 정교한 손놀림이 필요한 젓가락 집기가 두뇌 강국을 만든 비결이기도 하다. 한편 다양한 종류의 중독에 빠진 사람들은 대체로 전두엽 영역의 크기가 평범한 사람에 비해 작아지는 현상을 확인할 수 있다.

전두엽 부위에 문제가 생기면 이성적인 판단이나 공감 능력이 현저하게 떨어져 정상적인 사회생활이 불가능해진다. 대표적인 사례로 뇌 손상으로 인한 노년의 치매 현상을 들 수 있다. 치매 예방 차원에서 화투 놀이를 추천하는 것이 근거 없는 허언이나 농담이 아니다. 화투패로 정교한 손놀림을 구사함은 물론, 상대방의 패를 고려하는 추리력과 진행 여부를 결정하는 종합적인 상황 판단 능력이 필요한 놀이다.

보통 나이가 들면 뇌세포가 하나둘씩 소실되고 지능이 퇴화한다는 이론이 마치 정설처럼 떠돌고 있다. 이에 반해 일본의 저명한 의학박사이자 심리학과 교수인 사토 신이치는 《나이를 이기는 결정지능》에서 지능지수는 평생 일정하지가 않으며, 얼마든지 바꿀 수 있다고 주장한다. 결정지능은 '보석이 결정을 이루듯 나이 들수록 높아지는 지능'이다.

결정지능은 후천적인 노력에 의해서 얼마든지 향상될 수 있다. 인생의 꿈이나 목표를 이루기 위한 의식적인 학습의 결과로 변화될 수 있다. 자신이 속한 사회, 문화적인 환경에서 체득한 경험과 지식에 비례하여 탄탄해진다.

결정지능을 높이기 위해서는 새로운 것을 창조하려는 도전의식과 상상력이 무엇보다 중요하다. 마음을 열고 유연한 사고를 하되, 사고력을 높이기 위해 비평적인 관점도 갖추어야 한다. 흥미 있는 분야나 주제를 발견하고 지속적인 관심을 기울여야 한다.

뇌를 일깨우기 위해 경험과 관심 분야의 지식을 쌓되, 자신의 언어로 정리해야 한다. 본질을 제대로 파악하기 위해 발췌하고 요약하는 훈련도 병행해야 한다. 궁극적으로 종합적인 능력을 높이기 위해 적극적으로 표현하고 소통해야 한다. 여기에 유연한 손놀림과 촉각 자극 등의 운동 감각이 추가되면 전두엽 발달에 결정적인 영향을 미칠 수 있다.

결론적으로, 섬세한 손놀림과 병행하여 지식이나 경험을 쌓을 방법론을 찾아야 한다. 관심 있는 분야의 독서 후에 책의 본문을 베껴쓰는 필사가 최적의 대안이 될 수 있다. 손으로 한 단어, 한 단어 꾹꾹 눌러 쓰는 필사의 행위가 전두엽 발달에 결정적인 영향을 미치기 때문이다. 본인이 처한 상황에서 직접적인 경험과 지식을 쌓기 위해서는 시간과 비용이 만만치 않기 때문에 간접적인 경험과 지식을 쌓을 수 있는 독서가 좋은 대안이 될 수 있다.

독서는 눈으로 경험이나 지식을 습득하는 수단이다. 여기에 섬세한 손놀림을 할 수 있는 운동 감각이 추가되어야 한다. 익숙한 손놀림으로 책의 내용을 직접 베껴 쓰는 행위를 반복하다 보면 하나의 습관으로 형성된다. 몸에 밴 필사 습관은 시간이 지나지 않아도 잊히거나 사라지지 않는다. 마치 어릴 때 수영하는 방법을 익힌 사람이 성인이 되어서도 잊지 않고, 그 경험을 바탕으로 배영이나 버터플라이처럼 고난도의 수영을 할 수 있는 이치와 비슷하다.

손으로 직접 종이 위에 글을 베껴 쓰는 필사 습관은 언제든지 다시 새로운 글을 쓸 수 있는 체득된 운동 감각을 남긴다. 필사는 독서를 통해 뇌로 이해한 핵심 지식과 경험을 손으로 정리하고 표현하는, 손과 뇌의 이중주다. 필사를 통한 손과 뇌의 이중주는 글쓰기를 통해 작품을 창조할 수 있는 마법을 연주한다.

100권 중
3권을 골라라

　3년 전에 감동적으로 읽은 《리추얼》의 내용을 되짚어보면서, 밑줄 쳤던 부분들을 다시 필사하고 있다. 책의 부제로 쓰인 '세상의 방해로부터 나를 지키는 혼자만의 의식'이 다시 나를 끌어당겼기 때문이다. 당시 내게 울림을 주었던, 밑줄 친 부분들을 글로 옮겨 적는 순간에 그때와는 또 다른 감동을 느끼게 된다.

　그동안 개인적으로 달라진 게 있다면, 첫 번째 공저에 이어 두 번째 단독 저서를 최근에 계약했다. 몇 달 후 정식 출간을 기다리고 있다. 내 인생의 세 번째 책을 쓰기 위한 '혼자만의 의식(意識)'에 온전히 집중하기 위해 《리추얼》을 다시 필사하는 것이다. 전작에 필자가 쓴 표현을 빌리자면, '한 권의 책을 쓸 때마다 한 번의 인생을 더 살아내는 것'이다. 그러기에 필사를 통한 '혼자만의 의식(儀式)'이 더 중요한 의미를 갖는다.

한 권의 책을 정해놓고 날마다 조금씩 옮겨 적는 것이 필사의 일반적인 방식이다. 세 번째 책을 본격적으로 쓰기 전에 마음가짐을 다지기 위해《리추얼》에 밑줄 쳤던 부분을 필사하는 방식이 여기에 해당한다. 세 번째 책의 주제와 직간접적으로 연관되어 있기에 동일한 책을 다시 필사할 수 있는 충분한 동기가 부여된다. 이 원고를 지속적으로 쓰기 위한 에너지를 충전받을 수 있는 실용적이고 경건한 의식이다. 마치 운명처럼 필사에 관한 책을 쓰기 위해, 필사했던 책을 다시 필사(必死)적으로 필사(筆寫)하는 과정인 셈이다.

필자가 두 번째 책의 초고를 35일 만에 완성할 수 있었던 주요한 요인 중 하나가 '필사의 힘'이다. 2008년에 첫 책을 낸 후에 거의 10년 만에 다시 책을 쓰자니, '글을 쓰는 손맛'을 회복하는 과정이 필요했다. 첫 번째 책은 맛있게 책을 먹자는 '독서법'에 관한 내용이었다. 두 번째 책은 '독서와 글쓰기는 한 몸이다'라는 콘셉트로 글쓰기와 책 쓰기를 염두에 둔 '목적 중심의 독서법'에 관한 내용이다.

두 책에는 독서법이라는 공통분모가 있었다. 첫 번째 책 내용 중에서 두 번째 책과 연관된 내용을 중심으로 시간이 날 때마다 필사하기 시작했다. 두 번째 책을 쓰다가 막힐 때마다 관련 있는 첫 번째 책 내용을 필사했다는 게 적확한 표현이다. 거기에 새롭게 작성해야 하는 부분과 연관된 참고자료를 읽으면서 책을 써나갔다.

처음 책에 대한 필사가 두 번째 책을 연결해주는 정신적 징검다리 역할을 제대로 해준 덕분에 두 번째 책을 35일 만에 써낼 수 있었다. 마찬가지로 독자들도 다른 작가의 책을 필사하다 보면 자신만의 스타일로 글을 쓰거나 책을 쓰는 데 실질적인 도움을 받을 수 있다.

'100권 읽기보다 한 권의 책을 써라'라는 책 제목이 생각난다. 이 제목의 또 다른 의도는 '한 권의 책을 쓰기 위해서는 100권 정도의 책을 읽어야 한다'라는 의미를 담고 있다. 보통 실용서 한 권을 쓰다 보면 최소 40~50권 정도를 참고하고 인용하기에 넉넉 잡아 100권을 읽어야 양질의 책을 쓸 수 있다. 다만, 100권을 읽더라도 모든 내용을 다 기억할 수 없으므로 중요한 부분은 밑줄을 쳐놨다가 나중에 참고자료나 인용자료로 활용해야 한다.

여기에서 중요한 포인트는 밑줄 친 부분을 글을 쓰거나 책을 쓰는 과정에서 현실적으로 기억해낼 수 있느냐 하는 문제다. 자신이 현재 쓰고 있는 소주제나 소재와 연관성 있는 구절이 어떤 책의 어디쯤 있는지 알아야 실제 활용할 수 있다. 적어도 해당 본문 내용이 어느 소목차에 있는지 정도는 알아야 글을 쓰면서 바로 활용할 수 있다.

바로 이 지점에서 해당 구절들을 주제별로 분류해서 필사해놓은 노트가 있다면 당신은 이미 반쯤 성공한 작가다. 다작을 하는 전문 작가들이 많이 활용하는 방식이기도 하다. 평소에 책을 읽으면서 중요하거나 마음에 와닿는 구절들을 필사하는 습관으로 자신의 책

: 선택적 필사의 힘 :

을 집필하는 데 직접 도움을 받을 수 있는 대표적인 예다. 주제별로는 아니더라도 평소에 자신이 선택한 책을 읽되, 울림을 주는 구절들을 꾸준하게 필사해야 하는 이유나 목적이 여기에 있다.

여기에서 자신의 이름으로 책을 내는 데 대한 부담감을 넘어 거부감을 갖는 독자도 있을 줄 안다. 이 부분을 읽고 계신 독자라면 적어도 필사에 관심이 있고, 필사에 관심이 있다면 어떤 형태로든 독서를 하고 계신 독자일 것이다. 그런 분들께는 특정 주제의 글을 쓰거나 책을 쓰기 위한 과정으로 가는 데 필사가 필수 과정이자 든든한 동행이 될 수 있다는 말씀을 드리고 싶다.

상황에 따라 자신의 기질이나 성격에 맞게 다른 필사 방식을 선택할 수도 있다. 매번 책을 읽을 때마다 밑줄을 치고 옮겨 적는 일이 귀찮고 번거로우신 분들을 위한 필사 방식이 따로 있다. 자신이 쓰고 싶은 분야의 참고 도서 100권 중에서 10권을 선택한 후에 필사를 감행하는 무지막지(?)한 방식이다.

마치 물고기를 잡기 위해 물길을 틀어막은 후에 물을 다 퍼내고 고기를 건져 올리는 방식처럼 비칠 수 있다. 단계별로 설명하는 편이 혼란을 줄일 수 있을 것 같다. 우선 10권의 목차를 살펴보면서 자신이 쓰고자 하는 주제와 연관성이 높고 독자들의 사랑을 받고 있는 책을 선택하라.

10권을 먼저 말씀드리는 이유는, 100권 중에서 처음부터 3권을 고르라고 하면 부담이 될 수 있어서다. 이에 비해 우선 10권을 고르는 일은 상대적으로 덜 부담스럽다. 10권 중에서 3권을 고르는 과정은 이미 한 단계를 거쳤기 때문에 취사선택에 도움이 된다. 단, 베스트셀러로 3권을 고르면 곤란하다. 베스트셀러 1권, 스테디셀러 1권, 당신의 취향에 맞고 연관성 있는 나머지 1권을 고르면 된다.

먼저, 직접 경쟁이 되는 책을 2~3권 정도로 압축해서 우선 목차를 비교해가며 필사를 시작하면 된다. 목차를 비교해가면서 경쟁도서의 핵심 키워드들을 뽑아내고 자신이 쓰고자 하는 주제와 연관성과 차이점을 염두에 두고 목차 전체를 우선 필사하라.

다음 단계로, 압축된 3권의 목차 중에서 공통으로 겹치는 부분을 체크하라. 그리고 겹치는 부분을 가진 책 중에서 당신의 주제와 연관성이 높은 책을 우선 필사하면 된다. 책 내용 중에서 먼저 필사할 부분은 책의 서문이다. 서문 필사를 통해 책의 전반적인 흐름과 핵심 내용, 다른 책들과의 차이점, 그 책만의 장점과 한계를 가늠해볼 수 있다.

그런 다음에는 최종적으로 선택한 3권의 책과 공통으로 겹치는 본문을 조금씩 필사해나가면 된다. 당장 본문 필사를 해야 할 책은 1권인 셈이다. 다음 단계로 1권의 본문 필사가 끝나면 두 번째 책부터는 차이가 나는 부분을 선택적으로 필사해나가면 된다. 결국 필사할 분량을 계산해보면 대략 1권이 된다.

자신의 이름으로 1권의 책을 쓰기 위해, 100권을 읽고 부분 필사를 할 것인가 또는 100권에서 10권, 다시 3권 그리고 압축하여 1권

: 선택적 필사의 힘 :

을 필사할 것인가? 그 결정은 당신의 독서 취향과 필사 스타일에 달려 있다. 100권을 읽고 중요한 부분을 체크한 후 실시하는 선택적 필사는 평소에 다독하는 독자에게 유리한 측면이 있다.

　그럼에도 합리적인 기준에 의해서 핵심 주제와 내용을 염두에 두고 100권에서 1권 분량으로 압축한 '집중 필사'도 의미가 있다. 중요한 점은 어떤 형태로든 작가의 길로 가기 위해서 지금 당장 펜을 들어 필사를 해야 한다는 사실이다.

울림을 주는
문장을 만나거든

● "혹시 잃어버린 저를 보셨나요? 제 자아를 찾아주신 분에게
후사합니다."

문화계 전반의 트렌드를 6개월 정도 앞서가는 출판계 키워드 중
하나가 '자존감'이다. 10년 차 전업 작가에게 '자존감'에 관한 책을
써달라는 요청이 왔을 정도로 뜨거운 감자다. 한때 인생의 실패를
경험하고 작가로 재기한 분에게 '내 인생의 자존감 연습'이라는 책
을 써보시라는 제안도 있었다.

'매사에 자신감을 가지고 살라'는 말은 어렸을 때부터 많이 들어와
서 익숙하다. 자신감과 자존감의 차이는 뭘까? 《자존감 수업》으로
베스트셀러 작가로 등극한 의학박사이자 정신과 전문의인 윤홍균

: 선택적 필사의 힘 :

은 그 차이를 친절하게 알려준다. "자신감은 자신의 능력과 과업의 난이도를 상대적으로 비교한 개념이다. 자존감은 나를 어떻게 평가하느냐에 대한 생각의 개념이다."

눈여겨봐야 할 핵심 어구는 '비교'라는 말과 '자신을 어떻게 평가하느냐'라는 말이다. 자신감과 자존감에 대한 여러 가지 정의가 있지만, 필자가 생각하는 자존감의 핵심은 이렇다. 상대적으로 비교하고 외부적인 기준에 의해 평가받는 것이 아니라 자신이 중시하는 타당한 기준으로 자신을 평가하는 것, 자신에 대한 평가 결과가 어떻게 나오든지 자신을 보듬어주는 것이다.

인생의 바람직한 기준을 세우고 평가하는 주체는 다른 사람이 아닌 자기 자신이다. 삶의 주체로 자신을 세워가는 과정에서 주어지는 만족감. 성과나 결과에 지나치게 집착하지 않고, 자신을 존재 자체로 인정하라. 거창하지 않더라도 자신에게 의미 있고 소중한 꿈을 이루어가는 과정에 주목하라.

자존감이 유행의 중심에 서 있다 보니, 사회적으로 성공한 이들은 어떻게 자존감을 높이는가에 대한 토론회가 열리기도 했다. 〈이데일리〉 기사에 따르면, 프로골퍼 박세리와 소설가 김별아, 한국화가 김현정은 자존감 회복의 비결로 '발상의 전환'을 꼽았다. 자신이 처한 어려운 상황과 슬럼프를 성장을 위한 디딤돌로 생각하고, 의연하게 딛고 일어섰다.

특히 박세리는 슬럼프가 찾아왔을 때 연습에 더 집착하다가 부상을 당하기도 했다. 골프 연습을 못 하게 되면서, 자신을 돌아보는 계기가 되었다고 한다. 세계적인 프로골퍼로서 이른바 사회적 성공을 거두었지만, "자신에 대한 자존감에는 자신이 없었다"고 술회한다. 주변 가족들과의 친밀한 관계에서 오는 일상적인 기쁨과 자신의 감정 표현에 솔직해지면서 자존감을 회복했다고 담담한 심경을 내비쳤다. 사회적인 성공이 반드시 자존감을 담보하는 보증 수표는 아니라는 의미다.

자신감은 사회적으로 통용되는, 높고 거창한 성공이라는 기준에 비춰 자신을 평가하는 데서 나오는 감정이다. 자존감은 타인의 평가나 외부에서 주어지는 기준에 흔들리지 않는 데서 나온다. 존재 자체로 자신을 인정하고, 의연하게 자신을 세워가는 데서 오는 만족감이다. 자신의 인생에서 자신에게 의미 있는 기준을 세워가는 것이 자존감을 높이는 출발점이자 핵심이다.

독서의 세계에서도 자존이 중요한 의미를 갖는다. 《책은 도끼다》의 광고인문학자인 박웅현은 책에 대한 독자의 주체적인 해석을 강조한다. 나아가 자신에게 울림을 주는 책을 선택하는 것이 자존이라고 말한다.

광고인문학자인 그가 서울대 권장도서 100권이 모든 사람에게 권장되는, 획일화된 사회의 통념에 쓴소리를 하고 나섰다. 그는 공저 《생각 수업》에서 책의 내용에 대한 주체적인 해석이나 비판 없이 받아들이는 독자들에게 날카로운 지적을 하고 있다. 어떤 책을 읽든 자신에게 의미가 있다면 그것이 좋은 책이고, 그것이 자신을 존중하는 '자존'이라고 일갈한다.

'하루라도 책을 읽지 않으면 가시가 돋친다'라는 엄중한 경구도 좋다. 하지만 내 안에서 의미가 생기는 책을 찾아 읽으라는 그의 직접적인 메시지가 내 가슴을 울린다.

한편 그가 말하는 '자신에게 의미 있는 책'이 혹시 어려운 고전은 아닐까 하는 의구심이 들 수도 있다. '책 도끼' 선생은 그런 우려를 말끔하게 해소해주고도 남음이 있다. 그가 강조하는 '내 안에서 의미가 생기는 책'이 무엇인지 알고, 의미를 찾아가는 과정이 자신에 대한 존중이며 자신을 세워가는 것이다.

'책 도끼' 선생이 강조하는 '내 안에서 의미가 생기는 책'은 당신이 선택해서 지금 읽고 있는 바로 그 책이다. 당신의 마음에 끌리고, 감동으로 다가오며 밑줄을 치게 하는 문장들이 '의미 있는' 문장이다. 스스로 밑줄 친 그 문장들이 '울림'을 주는 문장들이다.

여기서 중요한 포인트는 당신이 스스로 선택한 책에서 건져 올린 의미 있고 울림을 주는 문장들을 어떻게 소중하게 간직하느냐다. 지금부터 필자의 질문에 가볍게, 솔직하게 답변해보자. 스스로 자신에게 묻고 답변하는 게 자존을 세우는 데 도움이 될 것 같다. 가슴에 손을 얹고 이렇게 물어라.

'당신은 나름대로 열심히 밑줄 친 문장을 나중에 다시 본 적이 있나요?'

'당신은 혹시 혼자서 밑줄 친 문장을 기억해낼 수 있나요?'

설령 의식 상태에서 기억이 나지 않더라도 무의식에 저장된다는 말이 위로를 줄지도 모른다. 무의식에 또는 뇌의 장기 기억에 저장되어 있다는 사실에 대한 검증은 본인이 글을 쓰는 과정을 통해서 드러난다. 여기서 한 가지만 더 물어보라.

'당신은 날마다 조금씩이라도 글을 쓰고 있나요?'

답변이 '그렇다'가 아니라면, 자신이 밑줄 친 의미 있고 울림을 주는 문장들을 소중하게 다루는 방법을 배워보자. 너무 쉬워서 피식 헛웃음이 나올 수도 있다. 하지만 일상의 기적은 작지만 날마다 조금씩 실천하는 사람들에게 주어지는 선물이다.

당신의 일기장에 소중한 추억을 글로 옮겨 적는 마음으로, 당신이 발견한 소중한 문장들을 옮겨 적으라. 이왕이면 사각사각 소리를 내며 종이 위에서 섬세한 춤을 추는 연필이 더 좋을 것이다. 최근에 선물 받아 책상 서랍 속에 간직한 만년필을 꺼내어 필사해도 좋을 일이다.

당신이 스스로 발견한 그 문장을 한 글자, 한 글자 적을 때마다 당신의 손이 그 소중한 의미를 기억할 것이다. 손끝을 거쳐 간 글자들은 당신의 손 근육이 기억하고, 뇌 속의 장기 기억에도 흔적을 남긴다. 그 문장들의 의미와 감동이 당신의 머리와 가슴에 새겨진다.

필사는 당신이 선택한 의미 있고 울림을 주는 문장들을 존중하는 의식이다. 당신이 스스로 선택한 소중한 문장들을 종이 위에 꾹꾹

: 선택적 필사의 힘 :

눌러 쓸 때마다, 그 의미와 감동은 마음을 넘어 영혼에 아로새겨진다. 스스로 책을 선택하고, 울림을 주는 문장을 밑줄 치는 자존은 필사를 통해서 완성된다.

필사는
성찰의 골방이다

다락방의 이미지는 미래에 대한 소망을 가지고 마음껏 꿈을 꾸는 공간이다. 꿈꾸는 다락방은 미래에 대한 비전을 선포하는 자리다. 꿈꾸는 다락방에 들어갈 때 필요한 물품은 비전선언문이나 미래 일기장이다. 《꿈꾸는 다락방》이라는 책이 베스트셀러가 된 이유 중 하나는 제목이 미래의 희망을 내포하기 때문이다.

한편 골방의 이미지는 과거에 대한 반성을 토대로 현재 자신의 인생이 나아가야 할 방향을 점검하는 장소다. 성찰의 골방에 들어갈 때 필요한 물품은 비어 있는 노트와 손맛이 좋은 만년필 같은 필기구다. 하나 더 추가하자면 인생의 방향을 제시해줄 만한 깊이 있는 시집이나 인문 고전 책이 있다면 더 바랄 게 없다.

골방 한가운데 좌식 책상이 놓여 있고, 빛이 들지 않아 등불에 의지해야 하는 경우도 있다. 어둡고 칙칙한 공간이 아니라 촛불을 켜도 온전히 정신이 집중되는 공간을 말함이다. 책상 위에는 손때 묻은 오래된 책이 놓여 있고, 반쯤 써 내려간 필사 노트가 가지런히 놓여 있다.

한 시대를 풍미한 사상가이자 시인인 함석헌 선생의 〈그대는 골방을 가졌는가?〉라는 시를 노트에 필사하면서 자세히 들여다보자. 성찰의 공간으로서 골방이 주는 의미와 필사의 연관성을 엿볼 수 있다. 진지한 태도와 겸손한 자세로 조용하게 자기 성찰의 시간을 가질 수 있는 장소가 골방이다. 골방에서 자기 성찰의 방법으로 취할 수 있는 최적의 방식이 필사다.

함석헌의 〈그대는 골방을 가졌는가?〉를 찾아 전문을 필사해보시라.

그대는 골방을 가졌는가? (…)

작품이 저자를 떠나는 순간 작가의 전유물이 아니라는 말에 기대어, 시에서 '골방'을 자기 성찰의 적합한 장소로 해석할 수 있다. 시 가운데 등장하는 '님'을 우리가 필사하고자 하는 시나 인문 고전의 작가로 상정해볼 수 있다.

자기 성찰의 공간인 골방에서 작가의 핵심 메시지를 상징하는 '님의 꿈 같은 속삭임'을 듣기 위해서는 본문 필사의 과정이 필요하다. 마치 꿀벌들이 조금씩 꿀을 실어 나르듯 작가의 작품을 한 글자, 한 글자 종이 위에 옮겨 적으면서 작가의 속삭이는 핵심 메시지를 들을 수 있다. 작가의 작품을 필사하면서 한 구절, 한 구절 깊은 의미를 깨닫고 자신의 인생에 대입해보면서 성찰할 수 있는 최적의 장소가 골방이다.

골방에서의 성찰은 마치 한 판의 대국이 끝나고 자신의 바둑알이 거쳐온 길을 되짚어보는 과정과도 비슷하다. 복기를 통해 자신의 내공을 더 단단하게 다지고 다음 대국을 준비한다. 마찬가지로 필사는 작가의 글을 베껴 쓰는 과정을 통해, 작가가 단어들의 조합으로 의미를 구성하는 생각의 길을 되짚어보는 효과가 있다. 필사는 결국 작가의 생각 패턴을 추적하는 과정이라고 해도 과언이 아니다. 베껴 쓰는 과정을 통해 위대한 작가들의 생각 패턴을 들여다보고 자기화하는 과정이 필사가 추구하는 궁극적인 목표다.

그래서 성찰의 골방에 들어갈 때 소지해야 할 필수품이 텅 빈 노트나 손맛 좋은 필기구인 것이다. 흰 백지에 자신의 내면에 쌓인 부정적인 감정을 글로 쏟아내는 과정이 우선 필요하다. 그래야 자신이 걸어온 과거의 잘못된 흔적들을 객관적으로 볼 수 있고 미래로 나아갈 바른길을 가늠해볼 수 있다.

: 선택적 필사의 힘 :

미래의 올바른 길로 걷기 위해서는 자신을 인도해줄 길잡이가 필요하다. 이 시점에서 자신의 인생에 방향을 제시해줄 필사 대상 작품의 선택이 필요하다. 독자의 인생에 그런 동행이 되어줄 시나 책을 만난다는 건 분명 행운이고 행복한 일이다. 함석헌 선생의 분신이 우리를 심오한 필사의 세계로 인도해줄 것이다.

지금 당장 골방을 찾아갈 필요는 없다. 그가 말한 골방은 눈에 보이는 공간을 넘어서는, 내밀한 우리 마음의 공간이다. 우리 마음의 문을 열어젖히면, 그의 시가 우리 마음속으로 물 흐르듯 흘러 들어온다. 마음으로 들어오는 속도를 높이고 심연으로 인도하는 건 그대의 미세한 손놀림이다. 그대의 손에 잡힌 만년필의 손맛이 함석헌 선생의 시를 깊게 음미할 수 있도록 인도하는 길잡이가 되어줄 것이다.

그대여, 본격적으로 필사할 준비가 되었는가? 그럼 이번에는 함석헌의 〈그대는 그 사람을 가졌는가?〉를 찾아 전문을 필사해보시라.

만릿길 나서는 길
처자를 내맡기고 (…)

위대한 예술가는
훔친다

● 훌륭한 예술가는 모방하고 위대한 예술가는 훔친다.

_ 파블로 피카소

무언가를 새롭게 만들어내는 사람들은 그들만의 창조 방식이나 창조 패턴이 있다. 그중 하나가 창조자들이 걸었던 길을 따라 그대로 모방하며 쫓아가는 것이다. 위대한 예술가들은 새로운 작품을 내놓기 전에 다른 예술가들의 작품을 따라 하고 베껴 쓰는 과정을 거쳤다.

위대한 작품들을 베껴 쓰고 흉내 내는 것을 넘어서 자신만의 해석을 덧붙여 재창조한 것이다. 위대한 창조자들의 창의적인 생각과 능력을 따라 하려면 수많은 시행착오와 그 시간만큼을 견뎌내는 끈기가 필요하다. 위대한 창조자들을 모방하고 따라 하다 보면 자신의 분야에 필요한 역량을 훨씬 쉽게 키울 수 있다.

예술가들만 위대한 작품들을 모방하고 따라 하기를 하는 건 아니다. 유아들이 말을 배울 때도 엄마의 말을 수없이 따라 하다가 "맘마" 하며 자신의 말을 하게 된다. 한글교재나 낱말 카드를 입으로 따라 하고 손으로 베껴 쓰며 한글을 익히게 된다. 옛날부터 일상 속에서도 따라 하기를 권장해왔다. 역사적으로 선한 영향력을 끼친 위대한 인물들의 삶을 본받기 위함이다.

위인전 전집을 집안에 들여놓고 읽는 전통은 세계 어디에서도 찾아보기 힘든 일이다. 위인전을 읽고 위대한 인물들의 크고 올바른 생각과 행동을 따라 하며 자신의 것으로 체화했다. 위대한 인물들을 따라잡는 가장 쉬운 방법이 그들의 비범한 생각과 행동을 모방하고 본받는 데 있음을 일찌감치 깨우친 것이다.

마찬가지로 글쓰기에서도 위대한 작가들의 작품을 베껴 쓰면 자신의 글쓰기 실력이 향상된다. 《태백산맥》의 조정래 작가는 초보 작가 시절에 베껴 쓰기로 필력을 키웠다. 《엄마를 부탁해》의 신경숙 작가도 김승옥 작가의 《무진기행》을 베껴 쓰면서 자신만의 글쓰기 세계를 창조했다.

스티븐 코비는 《성공하는 사람들의 7가지 습관》에서 자신의 인생 목표를 바로 정하고 이를 달성할 수 있는 일곱 가지 습관을 제시하고 있다. 바람직한 습관이 자리 잡기 위해서는 인식, 기술, 욕구가 필요하다고 한다. 자신이 하고 싶어 하는 바를 분명하게 알고 그것을 이루기 위해서 꾸준히 실행할 방법이 필요하다는 의미다. 이미 성공한 사람들에게서 뽑은 일곱 가지 삶의 패턴을 모방해서 자신의 습관으로 체화화면 성공한 사람들의 대열에 합류할 수 있다. 이처럼 모방하기와 본받기는 우리 일상의 중심에 자리 잡고 있고, 익숙한 방식이기도 하다.

그런데 성인들에게 모방하기와 베껴 쓰기를 다시 강조하는 이유는 무엇일까? 성인들은 다른 사람을 모방하거나 따라 하는 것에 거부감을 느낀다. 다른 사람과 비교된다는 의식에서 오는 부정적인 감정 때문이다. 자녀들을 키우다 보면 동생들은 언니나 오빠의 말이나 행동을 곧잘 따라 한다. 손위 언니나 오빠는 동생에게 "그만 좀 따라 해"라고 얘기하기도 한다.

그럼에도 동생은 계속해서 언니나 오빠가 입는 옷을 따라 입기도 하고, 장난감도 똑같은 것을 사달라고 떼를 쓰기도 한다. 그런데 어느 순간 따라 하기를 멈춘다. 언니나 오빠와 비교의식이 생기면서, 자신만의 방식을 고수하게 된다. 따라 하기를 멈추는 이유 중 하나는 다른 사람과 비교하면서 자신의 부끄러운 모습을 들키지 않으려는 데 있다.

특히 외국어를 배우면서 외국인을 보자마자 피하는 이유도 비교의식에서 오는 창피한 감정 때문이다. 우리나라 사람들은 원어민

발음과의 차이를 지나치게 의식하면서 충분히 할 수 있는 말도 중얼 중얼할 때가 많다. 우선 영어의 어순에 맞게 단어를 내뱉으면서 원어민을 계속 따라 해야 영어 말하기를 잘할 수 있다. 원어민의 굴러가는 발음은 그다음인데도 비교의식이 따라 하기를 방해한다. 결국 학원비만 날리고 영어 말하기는 제자리걸음이다.

비교의식에 따른 창피한 감정의 이면에는 자존심이 자리 잡고 있다. 자신이 지금까지 살아온 방식에 대한 자부심이 작용해서 따라하기를 멈춘다. 자부심은 인생을 사는 데 중요한 요소이지만 새로운 것을 배워 창조하는 과정에서는 때로 장애물이 되기도 한다. 자신만의 방식을 고수하다 보면 새로 배워야 하는 내용과 적절한 시기를 놓칠 수도 있다.

대놓고 표현하는 사람은 드물지만 누구에게나 내심 닮고 싶은 인물이 있다. 인생의 스승으로 존경하며 삶의 자취를 따라가고 싶은 인물들이 있기 마련이다. 그 인물의 가치관, 독특한 사고방식, 행동양식을 모델로 삼고 따라 하고 본받는 것이다. 이를 역할 모델 (role model)이라고 한다. 사회학 교수인 로버트 머튼이 '한 사람이 인생을 사는 데 귀감이 될 만한 사람의 중요성'을 강조하면서 나온 말이다.

오늘날까지 셀 수 없는 예술가, 작가, 각 분야의 학자들, 사회적으로 성공한 사람들이 따라 하고 본받는 삶을 통해 성장했다. 따라 하고, 베껴 쓰는 방식이 인생에서 필요한 공부의 시작이다. 동시에 제대로 공부할 수 있는 최상의 방식이다.

새로운 정보가 계속해서 기가바이트로 쏟아지는 오늘날, 유용한 지식을 선별하고 제대로 흡수할 수 있는 방식이 그 어느 때보다 중요하다. 자신의 방식보다 성과를 낼 수 있는 다른 방법이 있다면 기꺼이 따라 해야 한다. 자존심이 상한다고 효과적인 방식에 대한 따라 하기를 멈추는 건 어리석은 선택이 될 수도 있다.

유명한 작가들이 초보 작가 시절에 필사를 통해 독자들에게 영향력을 미치는 작가가 되었다. 자신이 본받고 싶은 사람들의 글을 읽고 중요한 내용을 베껴 쓰기를 반복하며 자신의 것으로 흡수했다. 때로 베껴 쓰기가 힘들 때도 있지만, 위대한 작가의 정신과 영혼마저 흡수하려는 필사적인 필사를 통해 위대한 작가로 거듭났다.

> 자기 스스로 어떤 사람이 되어야 할 것인지를 결심하는 순간
> 리더가 되기 시작한다. 시작하지 않으면 모든 시도는
> 100퍼센트 빗나가 버린 것이다.
>
> _워런 베니스

리더십 전문가 워런 베니스가 '자신이 어떤 인물로 성장할지 방향을 제대로 잡고 역할 기대에 정진하라'는 의미로 한 말이다. 다산 정약용 선생도 유배지에서 자식들에게 편지를 보내면서 역할 모델을 정하는 것과 본받기의 중요성을 강조했다. 자신이 하고 싶은 일이 있

: 선택적 필사의 힘 :

다면 그 분야의 최고 고수를 정하고 그 수준에 오르라고 조언했다.

역할 모델을 정한다는 것은 그 사람의 인격과 행동 방식을 따라 하고 본받는다는 의미다. 다산 정약용 선생도 귀감으로 삼을 만한 사대부들의 가치관과 삶의 태도와 행동을 따라 하기를 그치지 않았다. 그 방식을 자식들에게 전수해주고 싶은 마음으로 편지를 썼다.

이 지점에서 우리가 결정할 일은 역할 모델을 따라 하고 본받을지 말지의 문제가 아니다. 자신이 이루고자 하는 바를 정하고 거기에 적합한 역할 모델을 찾는 일이 우선이다. 그다음에 역할 모델을 따라 하고 본받을 방법을 찾는 데 관심을 가져야 한다.

필자도 동양고전 대가들의 작품을 필사하면서 천년의 지혜에 접근하려는 노력을 꾸준히 하고 있다. 서양고전 작가들의 작품을 읽으며 울림을 주는 구절에 밑줄을 치고 베껴 쓰면서 그들의 위대한 생각의 지도를 더듬어가고 있다.

제3장

—

손에 잡히는
글쓰기

필사가 필요한
세 가지 이유

학교 다닐 때 수업 시간에 '인간은 만물의 영장이다'라는 말을 많이 들었을 것이다. 동물이면서도 동물과 결정적으로 다른 이유는 직립 보행으로 도구를 쓸 수 있다는 점, 또 한 가지는 언어를 사용할 수 있다는 점이다. 손으로 여러 가지 일을 할 수 있지만 글을 쓸 수 있어서 참 좋다. 손으로 필사를 할 수 있다는 점이 참 감사하다.

말과 글의 중심에는 사람이 있다. 사람은 기본적으로 자신과 비슷한 다른 사람에 대해 관심이 많다. 이성에 대한 호기심은 거의 본능에 가깝다. 서로의 짝을 찾기 위해 탐색하며, 그려보고, 나름대로 평가하고 선택한다. 말이나 글로 자신의 의사를 표시한다. 자신이 누

: 선택적 필사의 힘 :

구인지, 그(녀)는 어떤 사람인지 묘사하고, 밀당(밀고 당기기)을 한다. 어느 정도 분위기가 무르익으면 아름다운 말이나 의미심장한 글로 표현하기 시작한다.

서로의 의사표시가 일치하는 순간, 사귀면서 더 애틋한 말로 서로의 사랑을 표현한다. 이제는 거의 전설로 취급되지만, 서로에게 자신의 '심쿵'한 감정을 담아 연애편지를 쓰기도 한다. 마땅히 글재주가 없으면 자신의 애틋한 심정을 대신 전해줄 시를 예쁜 편지지에 베껴서 보내기도 한다. 여기서부터 사랑을 이루어주는 필사의 마법이 시작된다.

사랑하는 사람을 그리워하며 '즐거운 편지'를 예쁜 편지지에 옮겨 적으면서 시인의 심정을 깊이 공감하게 된다. 평소에는 그냥 지나쳤던 단어와 구절들의 의미를 되새기게 된다. 생각이 깊어지고, 잠자고 있던 감수성도 되살아난다. 이성과 감성이 동시에 활성화된다. 그(녀)를 향한 사랑의 세레나데라도 부르고 싶을 정도로 감정이 충만해진다. 시를 필사하면 누구나 시인이 될 수 있다는 말은 허언이 아니다.

필사가 필요한 첫 번째 이유는 베껴 쓰는 문장의 의미를 깊게 생각하고 공감하게 한다는 점이다. 그 이유를 염두에 두고, 황동규 시인의 〈즐거운 편지〉를 필사해보기 바란다.

최근 블로그에 감사 일기를 쓰는 것이 유행이 되면서, 자신의 마음을 담아 감사 편지를 쓰는 이들을 종종 만나곤 한다. 지인의 출판 기념회 준비를 지원하면서 정성이 담긴 선물과 편지를 몇 차례 받았다. 정성 들여 쓴 감사편지를 읽고 있노라면 출판기념회의 가족 같은 분위기와 추억이 새록새록 돋아난다. 감사 외에도 가슴 설레는 사랑을 표현하는 좋은 방법으로는 무엇이 있을까?

　자신의 사랑을 표현하기 위해 카카오톡 이모티콘을 사용할 수 있다. 스마트폰으로 전화를 걸어 "자기야, 영원히 사랑해"라고 사랑을 표현할 수도 있다. 그냥 "사랑해요"라는 말도 좋지만, 자신의 사랑을 어떻게 표현해야 상대에게 감동을 줄 수 있을까?

　사랑에 빠지면 자신의 설레는 감정도 중요하다. 그러면서도 자신의 말과 행동에 감동받는 이의 모습이 더 사랑스러울 때가 많다. 지금부터 사랑을 아름답게 표현하고 고백하는 문장들을 찾아 필사 여행을 떠나보자.

　필사가 필요한 두 번째 이유는 자신의 생각을 표현할 때 적합한 단어를 선택할 수 있도록 어휘력을 늘리는 데 있다. 사랑에 관한 아름다운 표현과 어휘들을 베껴 쓰면서 자신의 것으로 만들기 바란다.

먼저 사랑의 정의나 사랑의 본질에 대한 명문장을 필사해보자.

누군가를 사랑한다는 것은
자신을 그와 동일시하는 것이다.

_아리스토텔레스

아리스토텔레스의 '사랑은 둘이 아니라 결국 하나'라는 명문장을
필사하면서 사랑하는 이와 일체가 되는 소중한 경험을 하기 바란다.

사랑은 오래 참고 온유하다는 구절이 떠오른다. 금방이라도 상대
를 찌를 듯 가시가 돋친 미움의 감정마저 끌어안을 수 있는 사랑은
어떻게 표현할 수 있을까?

사랑은 증오의 소음을 덮어버리는 쿵쾅대는 큰 북소리다.

_마거릿 조

마거릿 조의 '증오마저 삼켜버리는 사랑의 북소리'를 가슴으로 들

으면서 감정을 지배하는 초월적인 사랑의 표현을 당신의 세포 속에 저장하기 바란다.

　진정한 사랑을 하기 위해서는 자기 자신을 사랑하는 것이 먼저일까? 아니면 그 전에 다른 사람을 먼저 사랑할 수 있어야 진정한 사랑일까? 닭이 먼저냐 달걀이 먼저냐 하는 것만큼 선뜻 답변하기 어려운 질문이다. 이 질문에 대한 답을 한 문장으로 쓰자면 어떻게 표현할 수 있을까?

　　자신을 사랑하지 않는 사람은

　　다른 사람도 사랑할 수 없는 사람이다.

　　타인을 사랑해본 적이 없는 사람은

　　자기 자신도 사랑할 수 없는 사람이다.

　두 문장의 의미는 정반대이지만 문장의 구조는 동일하다. '~한 사람은 ~한 사람이다'라는 문장 구조로 이루어져 있다. 이 문장들은 《성공 명언 1001》에 나오는 아인슈타인의 명언을 응용해서 필자가 사랑의 본질과 연관 지어 써본 문장이다.

　　　　　　　　　　　　　　　　　　　　: 선택적 필사의 힘 :

실수를 한 적이 없는 사람은
새로운 것을 시도해본 적이 없는 사람이다.

_ 아인슈타인

　필사가 필요한 세 번째 이유는 베껴 쓰는 명문장의 구조를 파악하고, 그 구조를 응용하여 자신의 방식으로 활용하는 데 있다. 그 이유와 문장의 구조를 생각하면서, 아인슈타인의 명언을 필사해보기 바란다.

　서너 번 베껴 쓰다 보면 명문장의 구조가 눈에 들어오고 바로 자신의 글쓰기에 활용할 수 있다. 글쓰기의 본질에 가까이 다가설 수 있다.

　자신만의 글쓰기를 한 적이 없는 사람은
다른 작가의 글을 필사해본 적이 없는 사람이다.

벽돌을 쌓듯
어휘와 문장을 쌓자

● 필사를 하다 보면 훌륭한 문장들을 많이 건져 올릴 수 있다. 주말에 독서법 강사를 하던 2007년 전후의 30대 시절에는 주로 실용서에서 자기계발 문구들을 발췌했다. 불혹의 나이라는 40대에 접어들면서 지나간 삶을 되돌아보고, 자신을 성찰할 수 있는 고전에서 의미가 묵직한 구절들을 마주쳤다.

사람마다 처한 상황에 따라 관심이 가는 문장이 다를 수 있다. 사람마다 손금이 다르듯 책 속에 담긴 문장의 결이 다르게 느껴지기 때문이다. 똑같은 책을 읽더라도 자신의 연령대나 사회적 지위, 몸 담고 있는 삶의 현장에 따라 마음을 파고드는 구절이 달라진다. 책의 텍스트는 그대로인데 주관적인 해석이 달라지기 때문이다.

: 선택적 필사의 힘 :

현재 자신이 서 있는 그 자리(now & here)에서 마음에 울림을 주는 구절을 건져 올리는 게 중요하다. 그런 문장들을 필사하면 의미가 마음에 깊게 새겨진다. 동일한 문장을 여러 번 베껴 쓰면 장기 기억 속에 남아 툭 쳐도 그 문장이 바로 입에서 튀어나온다. 시간이 지난 후에라도 필사한 핵심 내용들이 자신의 경험과 결합되어 자신만의 글로 나올 수 있다.

> 반걸음을 쌓지 않으면 천 리를 갈 수 없고,
> 작은 흐름이 모이지 않으면 강하를 이룰 수 없다.
>
> _《순자》

동양고전 중에서 실행에 중점을 둔《순자》에 나오는 구절이다. '천리 길도 발밑에서부터 시작된다'라는 《노자》의 말과 일맥상통한 말이다. 시작이 반이라는 말처럼 무슨 일이든 우선 시작이 중요하다. 실행해야 자신이 소망하는 바를 이룰 수 있다. 새롭게 첫발을 내딛는 심정으로 한번 필사해보기 바란다.

어떤 일을 시작하는 것도 중요하지만 그 기초를 단단하게 하는 것 역시 그 못지않게 중요하다. 반석 위에 지은 집이 무너지지 않듯이 기초공사가 튼튼히 잘되어야 차근차근 멋진 집을 지을 수 있다. 기본 없이 시작은 할 수 있을지 모르지만 오래가지 못한다. 기본은 출발 지점이기도 하고 다시 돌아올 지점이기도 하다. 《논어》〈학이편〉 2장에 나오는 구절이다.

> 기본이 서면 나아갈 길이 생긴다.
>
> _《논어》

본립도생(本立道生), 즉 기본은 사람이 뭔가를 새로 시작하려고 할 때 반드시 체화해야 할 자질이자 단계를 뛰어넘을 수 없는 필수 절차라는 의미다. 특정한 분야의 기본을 제대로 갖추면 그 분야에 진입할 수 있는 관문을 통과하는 것이다. 기본에서 출발하고 다시 기본으로 돌아가면, '지금 여기에서 어떻게 해야 할까?'라는 질문의 답을 찾을 수 있다. 그 해답을 찾는 심정으로 필사해보기 바란다.

: 선택적 필사의 힘 :

한편 훌륭한 문장들을 필사하는 데에도 방법이 있다. 필사는 마음에 울리는 문장을 소리 내어 읽듯이 차근차근 느린 속도로 써야 한다. 책을 읽을 때 정독이나 숙독을 하듯이 의식적으로 천천히 베껴 써야 한다. 필기체로 날려 쓰는 방식이 아니라, 연필로 꾹꾹 눌러 쓴다는 느낌으로 적어야 한다. 아주 오래전 일이겠지만, 연필 끝에 침을 발라 노트에 한 글자씩 눌러서 쓰던 추억을 떠올리면 된다.

필사를 처음 할 때는 자신의 마음에 와닿는 문장을 그대로 베껴 쓰면 된다. 그대로 베껴 쓰되 큰 글씨로 쓰다 보면 마치 캘리그래피를 하는 기분이 든다. 캘리그래피처럼 멋있게 쓰려면 따로 기법을 배워야 하지만, 필사는 자신의 필체로 크게 자유롭게 쓰면 된다.

한동안 색칠을 하다 보면 집중력이 생기고 힐링 효과가 있다는 컬러링 북이 유행했다. 연이어 필사가 인기를 끈 이유는 베껴 쓰면서 감정이 정화되는 느낌을 경험하기 때문이다.

필사를 하면 책의 내용을 온전히 흡수하는 효과 외에도 마음을 차분하게 가라앉히는 효과가 덤으로 주어진다. 앞에서 필사한 두 문장을 다시 한 번 따라 써보기 바란다. 서로 연결되는 내용이라 어떤 문장을 먼저 쓰더라도 의미가 통한다.

똑같은 내용을 두 번 연속해서 필사한 후 어떤 느낌이 드는가? 어쩌면 필사를 하지 않고 읽기만 하는 독자도 계실 것이다. 그 심정 이해한다. 필자도 처음에 그랬으니까. 필사를 하지 않고 넘어가는 데에는 몇 가지 이유가 있을 것이다.

첫째는 제시된 문장에 대한 선호도의 차이다. 필자에게 울림을 준 문장이 모든 독자의 마음에 흡족할 수는 없다. 이 경우라면 독자는 자신에게 울림을 주는 문장을 베껴 써야 한다는 기본에 충실하고 계신 것이다. 그래도 아직 한 번도 필사를 안 해봤다면 연습 삼아 한번 해보기 바란다.

두 번째는 아무리 울림을 주는 문장이라 할지라도 두 번씩이나 필사해야 하는지 궁금증이 생겨서일 것이다. 딱히 몇 번 필사해야 한다는 법칙 같은 것은 따로 없다. 당신이 연애편지를 받았을 때 몇 번 읽어봤는지 생각해보면 감이 잡힐 것이다. 물론 연애편지 읽는 것과 베껴 쓰기는 분명 다르다. 그렇지만 편지 내용을 마음에 담고 싶어서 여러 번 읽지 않았던가. 그 심정으로 기억에 남기고 싶은 문장을 여러 번 쓰면 된다.

학창 시절에 백지에 몇십 번씩 썼던 명언이나 사자성어가 지금도 기억나는 것을 생각해보면 이해가 될 것이다. 필자는 세 번 정도 써야 당장 다음 날에라도 기억에 남았다. 마음에 강력한 감동으로 오는 구절들은 한 번만 써도 기억에 남는 경우도 있으니 필사 횟수는 자신의 상황에 맞게 조절하면 된다.

　　　　　　　　　　　: 선택적 필사의 힘 :

필사를 통해 자신만의 글쓰기를 하는 과정은 마치 집을 짓기 위해 벽돌을 한 장 한 장 쌓아가는 과정과 비슷하다. 처음에 벽돌만 쌓아놓은 집은 을씨년스럽고 초라해 보인다. 거기에 시멘트로 미장을 하고 벽지를 바르고 인테리어를 하면 아늑한 공간이 된다. 지금부터 한 구절 한 구절씩 필사를 하며 이 책의 끝까지 따라가면 자신만의 글쓰기 집 문턱에 다다를 수 있다.

어떤 일이라도 처음에는 어떻게든 해나가나

그것을 끝까지 해내는 자는 적다.

_《시경》

《시경》의 내용을 한 번 더 필사하고 이번 꼭지를 마무리하겠다. 부디 필사 여행의 마지막까지 동행하여 자신만의 글쓰기 스타일을 만들어가기 바란다.

표현의 구조를
익히자

● 톰 크루즈가 주연한 〈미션 임파서블〉 시리즈를 손에 땀을 쥐면서 봤던 기억이 난다. 평범한 사람들은 수행이 불가능한 미션을 척척 해내는 기발한 아이디어와 순발력이 돋보이는 흥미진진한 영화였다.

평범한 사람들에게 버거운 미션 임파서블을 수행 가능한 미션으로 만드는 한 가지 방법이 있다. 톰 크루즈처럼 별도의 고난도 액션 연기 수업을 받을 필요는 없다. 이미 눈치채신 분도 있겠지만, 지금 당장 펜을 들고 점 하나만 찍으면 미션이 완수된다. 점 하나만 찍으면, 미션 클리어!

미션 임파서블(Mission Impossible)

→ 미션 아임 파서블(Mission I'm possible)

문법상 오류가 있긴 하지만, 기발한 유머다. 점 하나를 찍느냐 아니냐에 따라 미션의 수행 여부가 결정된다. 더 정확하게 말하자면 단어나 문장의 의미를 반전시킨다. 영어에서만 일어나는 현상은 아니다. 우리나라 노래 가사에도 점 하나를 찍느냐 빼느냐에 따라 완전히 다른 얘기가 되는 게 있다. 점 하나로 반전이 일어난다.

> 남이라는 글자에 점 하나를 지우고 님이 되어 만난 사람도
> 님이라는 글자에 점 하나만 찍으면 도로 남이 되는
>
> (…)
>
> 점 하나에 울고 웃는다
>
> _ 이자연, 〈도로 남〉

우리가 사용하는 말이나 단어가 점 하나에 따라 달라질 수 있음을 깨닫게 해주는 좋은 사례다. '점 하나에 울고 웃는다'라는 말은 남녀 간 사랑이나 인생사에만 해당하는 얘기가 아니다. 글쓰기 세계에서도 통하는 말이다. 필사를 할 때도 한 단어 한 단어의 의미를 곱씹으면서 정성스럽게 베껴 써야 하는 이유가 여기에 있다.

단어 몇 개 차이로 글의 분위기나 내용이 달라지는 대표적인 장르

가 시다. 내 마음이 큰 고민이나 재는 것 없이 평안하고 넉넉한 상태를 어떻게 표현할 수 있을까?

> 내 마음은 호수요
>
> 그대 노 저어 오오
>
> _김동명, 〈내 마음은 호수요〉

'내 마음은 호수요'라는 표현은 'A = B'라고 암시적으로 연결하는 방식이다. 시인이 전달하고자 하는 메시지를 은근한 비유로 표현하는 방식이다. 잔잔한 호수와 평안한 마음을 느슨하게 연결함으로써 독자들에게 해석의 여지를 남겨준다. '무엇은 무엇이다'라는 구조를 가진 시 구절이다. 시인의 은근한 마음과 표현의 구조를 느끼면서 필사해보기 바란다.

'내 마음은 호수'라는 은유법을 바꿔서 다른 대상에 빗대어 표현하기 위해서는 두 글자를 더 적어 넣으면 된다. 표현하고자 하는 대상(마음)을 다른 대상(호수)에 빗대어 '~같은, ~듯이, ~처럼' 등을 사

: 선택적 필사의 힘 :

용하여 표현하면 된다. 예를 들어 '호수 같은 내 마음'으로 표현할 수 있다. '호수 같은 내 마음'은 두 개의 사물(호수, 마음)을 겉으로 드러내며 직접 비유한다. 문장 형태로 '내 마음은 호수 같다'라고 표현해도 된다.

인제는 돌아와 거울 앞에 선
내 누님같이 생긴 꽃이여.

_ 서정주, 〈국화 옆에서〉

'~같이'라는 두 글자를 더 넣으면 의미의 뉘앙스가 달라진다. '꽃이 내 누님같이 생겼다'라는 문장으로도 표현할 수 있다. 원숙한 이미지가 서로 똑 닮았다는 의미다. 비교를 표현하는 두 글자 '~같이'가 추가되었을 때 발생하는 미묘한 차이를 느끼면서 필사해보기 바란다.

시 외에도 자신의 메시지를 분명하고 강렬하게 전하는 명언에서도 은유법의 흔적을 찾아볼 수 있다. 은유법은 '무엇은 무엇이다'라

고 단정적으로 내용을 전달하기 때문에 문장의 메시지에 힘이 실린다. 유명한 사람들이 애용했던 구절이라는 후광 효과 외에도 표현 방식 자체가 갖고 있는 구조(A = B)가 메시지를 강화한다.

사랑은 삶의 최대 청량제이자 강장제이다.

_피카소

위대한 화가 피카소가 사랑에 대해 정의를 내린 명언이다. 삶의 활력소로서 사랑을 강조한 내용이다. 사랑에 대한 막연한 환상을 가지고 있는 여성들에게는 좀 의외의 해석이기도 할 것이다. 그럼에도 예술계의 거장 피카소가 한 말이라니 '그럴 수도 있겠네' 싶어지지 않는가? 이런 후광 효과 외에도 'A = B'라고 단정적으로 말하는 구조 자체가 메시지에 힘을 강하게 실어준다. 피카소가 말한 사랑의 의미를 생각하면서 필사해보기 바란다.

'사랑'이 '삶의 최대 청량제이자 강장제'라는 표현은 대표적인 은유법이다. 단순해 보이는 구조이지만 의미를 선명하고 강렬하게 각인시키는 효과가 있다. 이런 표현 방식은 책이나 신문 기사의 제목으

　　　　　　　　　　　　: 선택적 필사의 힘 :

로 많이 활용된다. 블로그가 활성화되면서 포스팅의 주제를 쓸 때도 은유로 표현하는 방식이 많이 쓰인다. 특히 몇 초 만에 소비자의 마음을 사로잡아야 하는 광고에서 은유적인 표현이 많이 등장한다.

예를 들어 '최대 청량제이자 강장제' 하면 문득 떠오르는 제품이 있다. 브랜드명이라고 하는 편이 더 적확할 텐데, '박카스'라는 이름의 피로 회복제다. 만약 '최대 청량제이자 강장제'라는 자리에 '박카스'를 대입하면 '사랑은 박카스다'라는 문장이 성립된다. 당연히 광고주 입장에서는 자신의 브랜드를 더 강조하고 싶을 것이다. 문장내에서 순서를 바꾸어서 '박카스는 사랑이다'라고 표현하면 강력한 광고문구가 된다. 실제로 이런 과정을 거쳐서 카피가 탄생되었는지는 확인할 수 없지만, 필자가 광고 기획자나 카피라이터였다면 이런 표현 방식을 활용했을 것이다.

우리는 학창 시절에 비유의 방법으로 은유법과 직유법에 대해서 배웠다. 기억이 가물가물하고 두 비유법에 대한 개념 설명이 헷갈리는 것도 사실이다. 사실 어떤 문장이 직유법인지 은유법인지 명확한 구분은 입시를 준비하는 학생들에게나 필요하다. 필사하거나 글을 쓸 때는 은유나 직유로 표현된 문장들이 가지고 있는 고유한 힘을 느낄 수 있는 감각이 훨씬 더 중요하다. '무엇은 무엇이다(A = B)'라고 하는 구조가 더 직접적이고 문장에 힘을 실어준다는 사실 하나만 기억해도 글쓰기에 도움이 된다.

단어나 구절을
바꿔보자

만약 내가 한 마디로 삶의 정의를 내려야 한다면,

'삶은 창조이다'라고 말할 것이다.

_ 클로드 베르나르

삶에 대한 여러 가지 정의가 있을 수 있는데, 베르나르가 남긴 말은 명언이고 명문장이다. 명언은 선언문이다. 베르나르는 '삶은 창조이다'라고 세상을 향해 선포하고, 독자들의 인식과 마음속으로 치고 들어간다. 남들이야 뭐라고 하든지 자신은 삶의 본질을 창조라고 강조하는 것이다.

명언은 짧지만 명언을 만든 사람의 삶의 철학과 통찰력이 응축되

: 선택적 필사의 힘 :

어 있는 지혜의 정수다. 책이 삶의 양식이라면, 명언과 명문장은 보약이다. 한약을 정성스럽게 달이듯이 정성을 담아 옮겨 쓰면서 그 의미를 곱씹어야 비로소 흡수된다.

필사의 묘미는 선언문처럼 속 시원한 명문장들을 찾아내고, 베껴 쓰고, 자신의 것으로 만드는 데 있다. 남들이 보기에 '저 사람은 명언 중독에 걸렸어'라고 할 만큼 집착에 가까운 관심을 가져야 한다. 무슨 수를 쓰더라도 명언과 명문장을 찾아내고, 필사하고, 자신의 뇌와 세포 속에 저장하라. 자신만의 글을 쓸 때, 글의 주제를 머리에 떠올리는 순간 글로 튀어 오를 것이다.

필사는 문장이 가지고 있는 고유한 구조를 파악하고 자신의 것으로 체화하는 데 있다. 명문장에 담긴 삶의 통찰을 돋보이게 하는 것이 명문장이 갖고 있는 고유한 문장 구조. 문장 단위의 글쓰기 연습에서 명문장을 필사해서 그 구조를 체화하는 것이 글쓰기로 가는 지름길이다.

글쓰기를 위한 거창한 교재나 부교재는 필요 없다. 명언과 명문장을 필사하는 그 순간 당신의 셀프 글쓰기 수업이 시작된다. 많은 책을 읽고 명언과 명문장을 찾아낼 시간이 없다고? 그렇다면 우선 명언집이라도 구하시라. 인터넷에 올라온 명언들을 다운받아서 주제별로 정리해서 필사를 시작해도 된다. 이후에 책을 읽으면서 울림을 주는 문장들에 밑줄을 긋고, 필사하면 된다.

필사는 자신만의 글쓰기를 하기 위한 예행연습이자 훈련의 과정이다. 글쓰기에 관한 강의를 듣고, 글쓰기에 관한 비법 서적을 수없이 봐도 필력이 늘지 않는 이유가 있다. 지금 당장 어떤 형태로든 글을 쓰고 있지 않다면 필력은 여전히 제자리걸음일 것이다. 명언 필사를 통해 글쓰기를 향한 첫발자국을 함께 내디뎌 보자. 명문장에 담겨 있는 심오한 의미를 강화하는 명언의 구조 탐색 여행을 함께 떠나보자.

훈련으로 이룰 수 없는 것은 없다.

훈련이 도달할 수 있는 범위를 넘어서 존재하는 것도 없다.

훈련은 나쁜 품행을 좋은 품행으로 바꿀 수 있다.

또한 나쁜 행동원리를 파괴하고

좋은 행동원리를 만들게 하며

인간을 천사의 경지에 올려놓을 수도 있다.

_마크 트웨인

허클베리 핀의 모험을 그린 동화《톰 소여의 모험》의 작가 마크 트웨인의 명언이다. 훈련의 중요성을 강조한 내용이다. 훈련을 통해 품성과 행동, 나아가 운명까지 바꿀 수 있다는 삶의 통찰이 담겨 있다. 한 번 필사하면서 훈련의 중요성을 마음에 새기기 바란다.

: 선택적 필사의 힘 :

　짧은 명언을 들어도 울림을 주는 이유는 문장의 구조가 자체적인 힘을 가지고 있기 때문이다. 명언들이 가지고 있는 자체적인 구조는 그대로 두고, 필사라는 주제로 단어나 구절을 바꿔보면 구조의 중요성을 실감할 수 있다.

　　필사로 이룰 수 없는 것은 없다.

　　필사가 도달할 수 있는 범위를 넘어서 존재하는 것도 없다.

　　필사는 나쁜 글쓰기 습관을

　　좋은 글쓰기 습관으로 바꿀 수 있다.

　　또한 나쁜 문장의 구조를 파괴하고,

　　좋은 문장의 구조를 만들게 하며

독자를 작가의 경지에 올려놓을 수도 있다.

지금까지 여러 가지 말로 필사의 중요성과 효과를 강조했지만, 이 문장이야말로 핵심을 일목요연하게 전달해주는 듯하다. 이 문장 자체가 가지고 있는 구조가 탄탄하기에 다른 주제를 잡아 단어를 바꿔도 주제에 맞는 의미가 도출된다. 콘텐츠의 내용도 중요하지만 문장의 틀이 중요하다는 점을 잘 드러내 주는 실증적인 사례다. 필사의 중요성과 기대 효과를 생각하면서 옮겨 써보기 바란다.

현명한 삶을 살기 위해서는 인생에 귀감이 될 만한 책을 읽고, 발견한 의미를 삶의 현장에 적용해야 한다. 다른 한 가지 방법은 인생

: 선택적 필사의 힘 :

여로에서 인생의 의미를 함께 나눌 귀인을 만나는 일이다.

> 우리를 현명하게 만들어주는
> 두 가지 기본적인 것이 있다.
> 우리가 읽는 책들과 우리가 만나는 사람들이
> 바로 그것이다.
>
> _찰스 존스

방황하며 고난의 시절을 겪고 있을 때 인생의 방향을 지도해줄 멘토를 만난다면 더할 나위 없이 좋을 것이다. 이 명언의 구조에 기대어 평범한 독자를 작가로 만들어주는 두 가지 요소가 무엇인지 살펴보기 바란다.

> 우리를 작가로 만들어주는
> 두 가지 기본적인 것이 있다.
> 우리가 읽는 책들과 우리가 필사하는 문장들이
> 바로 그것이다.

울림을 주는 문장들에는 작가의 삶에 대한 철학과 소중한 경험들이 담겨 있다. 울림을 경험했다는 의미는 직접 대면하는 만남이 아니더라도 명문장을 통해 작가와 교류했다는 것이다. 필사를 하되 명문장이나 명언 그리고 울림을 주는 문장을 정성을 담아 베껴 써야 하는 이유가 여기에 있다. 당신을 작가로 거듭나게 해줄 책과 필사의 중요성을 생각하면서 베껴 써보기 바란다.

숫자의 마법을
활용하자

● '4층, 4인용 식탁, 분노의 13일, 13층의 악몽, 나인스 게이
트….'

여기 나온 숫자와 짧은 표현들은 무엇을 의미하고 주로 어디에 사
용될까? 4층, 그러면 일단 부정적인 느낌을 받는다. '죽을 사(死)' 자
가 연상되기 때문이다. '4인용 식탁'은 어떤가? 만약 '4인용 식탁'이
별도로 제시되었다면, 부부와 자녀가 두 명인 가족을 위한 식탁으
로 이해했을 것이다. '4층'과 '분노의 13일'이란 표현 사이에 놓이는
순간, 죽을 사(死)와 13일의 부정적인 의미의 영향을 받는다.

위에 제시된 숫자와 표현들은 모두 공포, 미스터리 영화의 제목들
이다. 숫자가 지닌 부정적인 상징성이 영화의 제목에 스산한 분위

기를 조성한다. 관객들은 마치 약속이나 한 듯이 공포 영화의 제목으로 받아들이다. 글을 쓰면서 제목을 정할 때도 숫자의 의미와 상징성을 알고 활용해보기 바란다.

책을 읽다가도 숫자가 나오면 거의 본능적으로 그 의미를 알고 싶어진다. 《걸리버 여행기》에서도 거인이 소인국의 사람들보다 키가 12배 큰 걸로 묘사되어 있다. 우리는 보통 '10배 정도 크다'고 표현한다. 그런데 왜 《걸리버 여행기》에서는 10배가 아니라 12배라고 했을까? 현재 우리는 십진법을 쓰지만 《걸리버 여행기》의 배경이되는 영국은 당시에 십이진법을 사용했다. 12배라는 표현은 당시 십이진법의 영향을 받은 것으로 해석할 수 있다.

한편 《걸리버 여행기》에 나오는 거리나 다리의 길이, 건축물의 높이 등은 실제로 측정한 거리를 기반으로 쓰인 것일까? 소인국이라는 설정 자체가 현실에 존재하지 않는 허구의 공간이다. 독자들이 소인국의 콘셉트에 푹 빠져들 수 있도록 마치 자로 잰 듯 구체적인 숫자를 제시하고 있다. 책을 읽는 사람들은 소인국이 마치 현실 세계인 것처럼 느끼고, 자신도 모르는 사이에 숫자의 마법에 걸려든다. 글을 쓸 때 숫자가 주는 마법을 활용하면 독자들의 관심을 잡아둘 수 있다.

인터넷상에 연재되는 웹 소설이 유행인데, '옆집의 비밀'과 '307호의 비밀' 중 어떤 제목에 손이 먼저 가는가? 아마 대부분 '307호의 비밀'을 먼저 클릭하지 않을까? 부제목으로 '늦은 밤 들려오는 속삭임'과 '11시 59분, 들려오는 속삭임' 중에서는 어느 쪽으로 마음이 움직이는가? 제목과 부제목을 붙여서 전체적으로 써보면서 숫자가 주는 미스터리를 느껴보기 바란다.

옆집의 비밀: 늦은 밤 들려오는 속삭임

307호의 비밀: 11시 59분, 들려오는 속삭임

은유와 비유가 주로 사용되는 시에서 숫자는 어떤 의미와 뉘앙스로 사용되고 있을까?

모란이 피기까지는

나는 아직 나의 봄을 기다리고 있을 테요

(…)

천지에 모란은 자취도 없어지고

뻗쳐 오르던 내 보람 서운케 무너졌느니

모란이 지고 말면 그뿐, 내 한 해는 다 가고 말아

삼백예순 날 하냥 섭섭해 우옵내다

_ 김영랑, 〈모란이 피기까지는〉

　모란이 피고 지면 한 해가 가고 만다는 표현 속에 시인의 애틋한 기다림과 그리움이 묻어나는 시다. 그냥 한 해를 훅 보내버리는 것이 아니다. 삼백예순 날이라는 구체적인 숫자를 사용하여 날마다 섭섭해서 운다는 심정을 강조하고 있다. 사실적인 표현과 숫자를 활용한 시적 표현의 대비를 통해 시에서 숫자가 부리는 마법을 느껴보기 바란다.

　　날마다 하루도 거르지 않고 섭섭해 운다
　　→ 삼백예순 날 하냥 섭섭해 우옵내다

　평상시에 쓰는 표현과 숫자를 포함한 시적인 표현의 대비를 통해, 시에서 숫자를 활용한 의미 강조의 마법을 느끼면서 다시 한 번 적어보기 바란다.

　　　'삼백예순 날 하냥 섭섭해 우옵내다.'

: 선택적 필사의 힘 :

슬픈 일이 있어 눈물을 흘릴 때 몇 방울의 눈물을 흘리는지 알 수 있을까? 〈푸른 바다의 전설〉이라는 판타지 드라마에서 인어로 등장한 주인공이 흘린 눈물을 검정 봉지에 모아두면 나중에 진주로 바뀌는 장면을 본 적이 있다. 그런 경우가 아니고서야 자신이 흘리는 눈물이 몇 방울인지 아는 사람은 없을 것이다.

정말 슬픈 일이 생겨서 눈물을 많이 흘리면 펑펑 운다는 표현을 쓴다. 펑펑 운다는 건 도대체 눈물을 얼마나 흘려야 하는 걸까? 몇 방울의 눈물이 가장 큰 슬픔을 표현하는 것일까? 너무나 충격적인 슬픔 앞에서는 목이 메어오고 흐느낄 힘조차 없다고 표현한다. 극심한 슬픔에는 오히려 눈물이 나오지 않는다는 말도 있다.

파르라니 깎은 머리

박사(薄紗) 고깔에 감추오고,

두 볼에 흐르는 빛이

정작으로 고와서 서러워라.

(…)

까만 눈동자 살포시 들어

먼 하늘 한 개 별빛에 모두오고.

복사꽃 고운 뺨에 아롱질 듯 두 방울이야

세사(世事)에 시달려도 번뇌(煩惱)는 별빛이라.

_조지훈, 〈승려〉

시인 조지훈이 절에서 불공을 올리는 승무를 처음 보고 그 감격
을 작품화한 시다. 젊고 아름다운 한 여인이 세속적인 영광을 버리
고 승려가 될 수밖에 없었던 이유가 저절로 궁금해진다. 승무를 지
켜보면서 시인의 마음속에서 일어나는 안타까운 질문에 젊은 승려
는 아름다운 뺨에 흘러내리는 두 방울로 답을 할 뿐이다. 깊은 슬픔
과 번뇌는 폭풍 오열로 넘쳐나지 않는가 보다. 기구한 운명에 처한
승려의 처연한 슬픔과 눈물 사이에 상관관계가 느껴지시는가? 눈
물 두 방울에 담긴 숫자의 마법을 생각하면서 다시 한 번 필사해보
기 바란다.

: 선택적 필사의 힘 :

대화체의 힘을
익히자

글을 쓰는 이는 그 사람이다.

글을 읽는 이가 그 사람이다.

글에 읽히는 이도 그 사람이다.

글의 중심에 사람이 서 있다.

_ 이세훈의 명언집 중에서

글의 중심에 사람이 서 있다. 사람을 뒷전에 두고서 글을 쓴다는 건 있을 수도 없고, 상상하기조차 힘든 일이다. 글쓰기를 처음 발명한 이도 사람이고, 글의 중심 주제로도 사람이 등장한다. 작품 속에 등장하는 사람들과 교류하며 기뻐하고, 즐거워한다. 등장인물의 삶의 애환에 공감하며, 때로 눈물짓고 오열하고 통곡도 마다하지 않는다.

작가들은 그렇게 소중한 사람을 살리기도 하고 때로 죽음의 문턱에 이르게도 한다. 글을 쓰는 사람들, 특히 소설가들은 글의 중심에 선 사람을 극적(?)으로 죽이기 위해 밤잠을 설쳐가며 안간힘을 쓴다. 소설가는 주인공들을 의미 있고 아름답게 죽음에 이르게 하는 방법을 연구하는 사람일 수도 있다.

소설가는 주인공들의 명대사를 통해 진짜 죽음의 의미가 무엇인지 독자들로 하여금 깨닫게 한다. 그 순간 독자들은 마치 큰 망치로 머리를 얻어맞은 듯 멍해진다. '헉!' 하고 가쁜 숨을 몰아쉬기도 하고, 큰 깨달음의 바다에 자신을 기꺼이 내어준다.

> "권총으로 빵 쏘아 죽이는 그런 건 아니에요.
>
> 제 마음속에서 죽이는 거예요.
>
> 사랑하기를 그만두는 거죠.
>
> 그러면 그 사람은 언젠가 죽어요."
>
> _바스콘셀로스, 《나의 라임 오렌지 나무》

주인공 제제의 대사다. 사랑의 본질과 죽음을 연관 지은 명대사가 가슴을 저미게 한다. 너무 일찍 철이 들어버린 어린 주인공 제제의 말이라서 안타까운 마음에 큰 울림으로 다가온다. 사랑의 본질과

: 선택적 필사의 힘 :

죽음의 의미에 공감하는 마음으로 필사해보기 바란다.

권총으로 빵 쏘아 죽이는 그런 건 아니에요.
사랑하기를 그만두는 거죠.

한편 작가들은 소중한 사람들을 위해 주인공들의 대사를 통해 삶에 희망과 용기를 가득 부어준다. 마지막 절망의 포구에서 마주친 희망의 디딤돌처럼 큰 힘이 되어준다. 출간하기 전에 300번이나 내용을 다듬었다는 《나의 라임 오렌지 나무》, 소설 속 명대사를 통해 살아갈 의미를 발견하고 삶의 용기도 충전하기 바란다.

"하지만 인간은 패배하도록 만들어지지 않았어."
노인은 말했다.
"사람은 파멸당할 수 있을지언정 패배하지 않아."

_어네스트 헤밍웨이, 《노인과 바다》

노인이 사투를 벌인 끝에 잡은 고기를 바다 생물들에게 뜯긴 후 내뱉은 의미심장한 대사다. 살다 보면 운명의 장난으로 여러 가지 고난과 시련을 겪게 될 때가 있다. 자신의 의도와 상관없이 열악한 삶의 현장에 내동댕이쳐지고 사랑하는 순수한 마음마저 외면당할 때도 있다.

그런 모든 것이 우리를 잠시 망칠 수 있을지 모른다. 갈기갈기 찢어져 다시 입을 수 없는 옷처럼 기나긴 시간의 옷장에 갇혀 있게 될지도 모른다. 그럼에도 우리는 찢어진 옷을 다시 기워 입고 당당하게 자신을 세워나가야 한다. 겉으로 드러난 삶이 누더기가 되었다고 해서 우리 마음속에 간직한 소중한 꿈마저 구겨져 버린 건 아니다.

인생에서 간절하게 이루고 싶은 꿈이 있다면 그 꿈을 향해, 소중한 사랑을 위해 나아갈 수 있다. 꿈과 사랑을 이루고자 하는 의지가 살아 있는 한 결코 패배한 것이 아니다. 사투 끝에 잡은 물고기의 살점이 뜯겨나가는 아픔 속에 머물러 있어서는 안 된다. 내일 다시금 바다에 나가서 물고기를 잡고야 말겠다는 노인의 강한 의지를 되새기면서 필사해보기 바란다.

하지만 인간은 패배하도록 만들어지지 않았어.
사람은 파멸당할 수 있을지언정 패배하지 않아.

: 선택적 필사의 힘 :

소설가들은 글의 중심에 선 사람을 드라마틱하게 살리기 위한 연구도 거듭한다. 작가의 이 글도 사랑의 본질과 죽음의 의미에서 시작했지만 사실은 사랑에 방점을 둔 내용이다. 죽는 날까지 사람의 마음속에서 살아 숨 쉬는 두 가지를 꼽으라고 한다면 꿈과 사랑이라고 말할 수 있다. 누구는 자녀일 수 있고, 명예일 수 있고, 권력일 수도 있을 것이다.

설령 입으로는 그런 말을 할 수 있지만 여전히 마음 한구석에 사랑에 대한 갈망이 있음을 부인할 수 없다. 이 세상의 모든 것이 사라져도 남아 있을 수 있는 건 뭘까?

"모든 것이 소멸해도 그가 남는다면 나는 계속 존재해.
하지만 다른 모든 것이 있어도 그가 사라진다면
우주는 아주 낯선 곳이 되어버리고 말 거야"

_에밀리 브론테, 《폭풍의 언덕》

사람은 누구나 자신을 세워갈 수 있다. 하지만 인생의 참된 의미는 다른 사람과의 관계에서 찾을 수 있다. 관계의 의미를 혹자는 사랑이라고 한다. 어떤 이는 이를 행복이라고 한다. 우리는 커다란 우주 속 한 점이지만 서로에게 기대어 의미를 찾아가는 그런 존재들이다. 당신 옆에 있는 소중한 사람들이 사라진다면 우주도 의미를 잃어버릴 수 있음을 느끼면서 필사해보자.

하지만 다른 모든 것이 있어도 그가 사라진다면
우주는 아주 낯선 곳이 되어버리고 말 거야.

: 선택적 필사의 힘 :

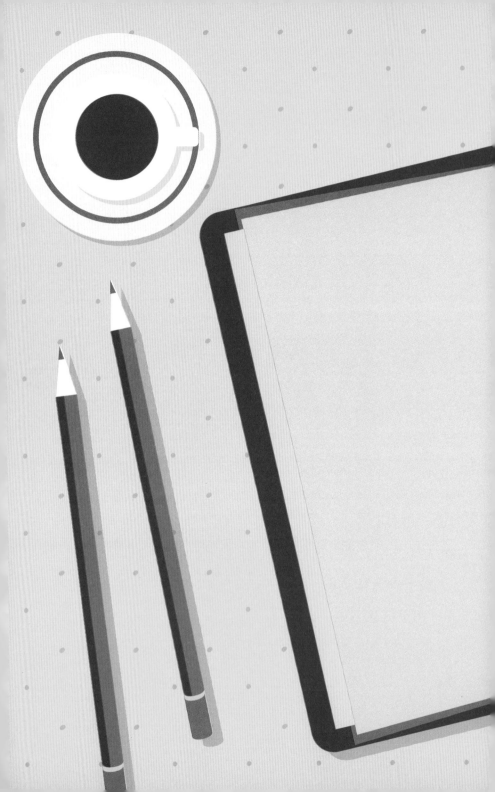

제4장

—

나만의 생각지도
보강하기

작가의 생각지도를 훔쳐라

● 배워야 할 일이 있으면, 그 일을 하면서 배워라.

_아리스토텔레스

맛있는 음식은 씹으면 씹을수록 고유한 맛이 나고, 입맛 끝에 은은한 단맛이 배어난다. 바쁘게 살다 보니 밥 한 숟가락을 끝까지 오물오물 씹어서 마지막 단맛을 느껴볼 수 없는 일상에 익숙해진 지오래다. 특히 군대에 다녀온 이들은 마치 신병 교육대의 추억을 더듬기나 하듯 밥 한 그릇을 뚝딱 해치운다. 너무 배가 고파서 게 눈 감추듯 먹는 게 아니라 빨리빨리 습관이 몸에 배어버린 탓이다.

빨리빨리 습관이 글쓰기나 책 쓰기 세계에까지 침투하여, 속성 글

: 선택적 필사의 힘 :

쓰기나 책 쓰기 광고들이 흘러넘치고 있다. 필자가 타고난 천재 작가도 아니고 전업 작가가 아니라서 그런지 모르겠지만, 글쓰기나 책 쓰기는 속성으로 배워지는 그런 류가 아니다.

글쓰기나 책 쓰기를 음식에 비유하자면 끓이면 끓일수록 깊은 맛이 배어나는 뚝배기 된장찌개 맛이다. 전자레인지에 3분간 돌려서 먹는 인스턴트 식품이 아니다. 문득 부뚜막 군불에 뚝배기 된장국을 끓여주시던 외할머니의 손맛이 그립다. 글쓰기나 책 쓰기는 마치 구수한 된장찌개를 끓이는 어머니의 손맛과 같다.

구수한 된장찌개를 끓이기 위해서는 우선 양질의 된장이 필요하다. 콩을 푹 삶은 다음에 발효의 과정을 거쳐야 오래 묵혀도 변하지 않는 된장이 된다. 유명 작가들이 자신의 인생 경험과 지식을 통찰력으로 발효시킨 된장 같은 글을 찾고 만나야 한다. 손맛을 첨가하여 구수한 된장찌개를 끓여내듯, 섬세한 손놀림으로 좋은 글들을 온전히 흡수해야 자신만의 글쓰기 스타일을 요리해낼 수 있다.

'시골의사'라는 필명으로 지성의 중심에 선 박경철은 《자기혁명》에서 현란한 문학적 글쓰기로 소설가, 카피라이터, 에세이스트를 지향한다면 오정희 선생의 단편들을 옮겨 쓰라고 추천했다. 인간의 감정을 섬세하게 묘사한 최고의 작품으로 옮겨 쓰기의 필수 과목으로 지정할 정도다. 김승옥 선생의 《무진기행》에서 외부 대상물로 허무를 상징하는 '안개'에 대한 섬세한 묘사가 있었다면, 오정희 선생의 탁월한 묘사는 인간의 감정에 집중하고 있다. 또는 문체가 담백

하면서도 마음에 와닿는 글쓰기를 원한다면 황순원 작가의 《소나기》를 옮겨 쓰라. 자신도 모르게 감수성이 충전됨을 느낄 수 있다.

한편 다른 사람의 이성에 호소하여 설득하는 글쓰기를 위해서는 유명인들의 칼럼을 꾸준하게 옮겨 쓰라는 제안을 한다. 박경철 작가는 자신이 〈이규태 코너〉를 옮겨 쓴 적이 있다며, 최신 글쓰기 트렌드와는 동떨어진 측면이 있다고 지적했다. 사실 이규태 씨는 칼럼 쓰기의 교과서라 할 정도로 깊이 있고 현학적인 문체로 인정받고 있는 글쓰기계의 거장이다. 그럼에도 최근 글쓰기 트렌드가 짧고 간결하게 쓰는 흐름이라서 과감하게 다른 작품을 옮겨 쓰라는 박경철 작가의 주장이 신선하고 파격적이다.

필자도 기존에 글을 쓰다 보면 현학적으로 글을 길게 쓰는 스타일이었다. 책 쓰기로 전환하면서 글을 접하는 독자의 입장을 고려해 최대한 짧고 간결하게 쓰려고 노력 중이다. 평소에 자신이 써오던 글쓰기 습관을 하루아침에 갑자기 바꾸는 건 쉽지 않은 일이다.

간결하면서도 논리적인 구조로 된 칼럼을 꾸준하게 옮겨 쓰다 보면 작가의 논리적인 사고 패턴을 반영한 생각지도를 흡수할 수 있다. 작가의 생각지도가 반영된 글의 틀에 자신의 경험과 지식이 반영된 단어와 어휘들을 얹어놓으면 일관성 있는 흐름을 지닌 자신만의 글이 된다. 다양한 방식의 의식적인 글쓰기 연습을 통해서 조금씩 자신의 글쓰기 스타일(문체)을 만들어갈 수 있다.

지금부터 본격적으로 유명 작가와 칼럼니스트의 생각 구조가 반

　　　　　　　　　　　: 선택적 필사의 힘 :

영된 문단들의 구조를 분석하여 그들의 생각지도를 밝혀내고자 한다. 유명 작가의 훌륭한 내용을 담은 실용문과 유명 칼럼의 핵심 문장들을 찾아 옮겨 쓰고자 한다. 그런 과정을 통해 문단 단위의 글을 볼 때마다 작가의 생각지도를 파악하는 안목을 높일 수 있다. 핵심 문장을 옮겨 쓰고, 자신의 생각지도에 근거한 글쓰기 연습을 통해 실용서의 글쓰기에 바짝 다가설 수 있다.

작가의 생각지도 훔치기 3단계

- **1단계**
  ① 작가의 생각지도를 예상하며, 문단별 중심 문장 찾기(밑줄 긋기)
  ② 제목을 염두에 두고, 문단의 처음이나 끝을 중심으로 핵심 문장 찾기

- **2단계**
  ① 생각의 흐름을 의식하며, 중심 문장을 선택적으로 필사하기(요약하며 내용 파악)
  ② 글의 흐름을 느끼면서 어색하거나 핵심에서 빠진 문장이 있는지 점검하기
  ③ 핵심 3~5문장 찾기: 앞서 필사한 중심 문장 중에서 선택
  ④ 중심(핵심) 문장을 직접 필사

- **3단계**

① 핵심 문장을 근거로 문단 구조 분석하기(PPM: Paragraph Pattern Mapping 기법)

② 문단의 구조를 파고들며, 작가의 생각지도 파악하기

③ 작가의 생각지도에 살을 붙여 간단한 글을 써보면서 생각지도 훔치기

본인이 추구하는 글쓰기 스타일이나 닮고 싶은 작가의 유형에 따라 적절한 장르를 선택해서 문장의 구조를 파악하고 핵심 문장을 꾸준하게 옮겨 쓰기 하면 된다.

사례: 미래 세대의 세 가지 능력

- **1단계**

① 작가의 생각지도를 예상하며, 문단별 중심 문장 찾기(밑줄 긋기)

② 제목을 염두에 두고, 문단의 처음이나 끝을 중심으로 핵심 문장 찾기

우리 사회는 사고력과 표현력을 점점 더 요구하고 있다. 넘쳐나는 정보를 가려내고 갈래를 잡고, 그 뒤에 숨겨진 본질을 찾아내고, 자신이 발견한 것을 매력적으로 전달하는 능력을 요구하는 것이다. 이런 상황에서 독서를 통해 우리가 배워야 할 것은 무엇일까?

: 선택적 필사의 힘 :

첫 번째는 단순한 정보의 습득과 즐기는 차원을 넘어 원리를 이해해야 한다는 것이다. 이른바 사고력의 향상이다. 몇 해 전부터 인문 고전에 대한 인기가 높아지고 있다. 인문 고전이 유행하는 이유는 단순한 현상을 보는 시각을 넘어 세상과 인간에 대한 보다 근본적인 이해력을 높여야 한다는 시대적 필요성 때문이다. 현대인들이 직면한 문제는 과거처럼 단순하지 않다. 수많은 문제가 서로 얽혀 있고 정보들이 빠르게 변하고 있다. 이런 이면에 숨겨진 본질들을 찾아내려면 인식의 수준이 높아져야만 한다.

세상과 삶의 원리를 이해하는 독서가 되기 위해서는 의미를 발견하는 활동과 함께 이루어져야 하는 또 다른 활동이 있다. 바로 비판 활동이다. 우리가 읽는 책들은 많은 정보로 이루어져 있다. 하나의 문장은 정보이고 문단도 정보다. 이런 정보들이 모이면 흐름이 생기고 주장이 되고 원리가 된다. 이때 문장을 읽는 사람은 자신이 읽고 있는 정보들이 논리적으로 타당한지를 판단할 수 있어야 한다. 그 훈련을 하는 것이 비판 활동이며 이를 통해 올바른 정보와 그렇지 않은 정보를 가려낼 수 있다.

이 과정은 정보가 진실인지를 가려내는 것에 머무르지 않고 확인된 진실들이 우리 사회와 생활에 어떻게 적용될 수 있는지를 찾아내게 한다. 그래서 멈추지 않아야 하는 것이 지식의 구체적인 사례를 발견해서 현실에 적용할 수 있는지를 확인하는 노력

이다. 공부가 현실에 도움을 주려면 이론과 현실이 연결되어야
한다.

마지막으로 중요한 것이 표현력이다. 책을 많이 읽어 아는 것은
많은데 이것을 드러내는 데 어려움을 겪는 경우가 많다. 이런
현상이 생기는 것은 책을 읽은 후에 정리하고 표현하는 활동을
하지 않았기 때문이다. 읽은 후 공부한 것을 정리하고 자신만
의 방식으로 표현하는 훈련을 해야 한다. 이 과정에서 정리력과
표현력이 좋아진다.

지금 우리 시대는 인재들에게 논리적 사고력과 비판력, 매력적
인 표현력이라는 세 가지 능력을 요구하고 있다. 독서 활동은
이런 능력들을 키울 수 있는 중요한 과정이며 이를 통해 보다
나은 사람으로 성장할 수 있다. 어떤 공부를 하든 이 세 가지
능력을 키울 수 있도록 방법들을 찾고 훈련해나가는 것이 중요
하다.

_ 안상현, 《인문학 공부법 실천편》

- **2단계**
① 생각의 흐름을 의식하며, 중심 문장을 선택적으로 필사하기(요약하
며 내용 파악)
② 글의 흐름을 느끼면서 어색하거나 핵심에서 빠진 문장이 있는지 점
검하기

: 선택적 필사의 힘 :

③ 핵심 3~5문장 찾기: 앞서 필사한 중심 문장 중에서 선택

④ 중심(핵심) 문장을 직접 필사

1. 우리 사회는 사고력과 표현력을 점점 더 요구하고 있다.

2. 이런 상황에서 독서를 통해 우리가 배워야 할 것은 무엇일까?

3. 첫 번째는 단순한 정보의 습득과 즐기는 차원을 넘어

원리를 이해해야 한다는 것이다.

4. 이런 이면에 숨겨진 본질들을 찾아내려면

인식의 수준이 높아져야만 한다.

5. 세상과 삶의 원리를 이해하는 독서가 되기 위해서는 (…)

바로 비판 활동이다.

6. (…) 비판 활동이며 이를 통해 올바른 정보와

그렇지 않은 정보를 가려낼 수 있다.

7. 공부가 현실에 도움을 주려면 이론과 현실이

연결되어야 한다.

8. 마지막으로 중요한 것이 표현력이다.

9. 어떤 공부를 하든 이 세 가지 능력을 키울 수 있도록

방법들을 찾고 훈련해나가는 것이 중요하다.

118

- **3단계**

① 핵심 문장을 근거로 문단 구조 분석하기(PPM: Paragraph Pattern
   Mapping 기법)

② 문단의 구조를 파고들며, 작가의 생각지도 파악하기

③ 작가의 생각지도에 살을 붙여 간단한 글을 써보면서 생각지도 훔치기

1. 작가의 생각지도

2. 생각지도에 살을 붙여 간단한 글을 써보면서 작가의 생각지도 훔치기

▶ '미래 세대의 세 가지 능력 개발'이 중요하다.

▶▶ 핵심 능력은 '사고력'과 '표현력'이다.

▶▶ 독서로 능력 함양이 가능하다.

▶▶▶ 독서로 사고력 향상을 위해서는

▶▶▶ 원리 이해 중심의 독서가 필요하다.

▶▶▶ 이면의 본질 찾기를 할 수 있어야 한다.

▶▶▶ 독서로 비판력 향상을 위해서는

▶▶▶ 유용한 정보 식별이 중요하다.

▶▶▶ 이론과 현실 연결하는 독서가 필요하다.

▶▶▶ 독서로 표현력 향상을 위해서는

▶▶▶ 독서 후 정리가 필수적이다.

▶▶▶ 자신만의 표현으로 정리하면 된다.

천자칼럼을 분석하는
세 명의 생각지도

● 실용서의 서술 구조와 가장 유사한 장르가 신문의 칼럼이다. 실용서는 보통 한 꼭지가 소주제가 되어 칼럼과 유사한 구조로 서술된다. 〈한국경제신문〉의 '천자칼럼'을 통해서 한 주제 아래 핵심 문장이 7퍼센트 수준임을 확인할 수 있다.

다음에 제시하는 칼럼 사례에서 보이듯이 한 페이지 내에서 문단의 처음과 끝에 핵심 문장이 있다. 그 부분만 집중적으로 읽어도 80퍼센트 정도 이해할 수 있다. 이는 구조적으로 문단의 처음과 끝에 핵심적인 문장이 배치된 책들을 읽을 때, 즉 실용서의 핵심을 추출하는 데 유효하다.

이후에 작가의 생각지도를 훔치기 위해서는 전체 칼럼의 구조를 분석해야 한다. 논리적인 구조를 파악하고 내용 흐름의 일관성을 유지하기 위해 로직트리(logic tree) 방식이나 마인드맵(mind map)의 방식으로 작가의 생각 패턴을 그려보면 된다. 핵심이 되는 다음 세 문장 내에서 핵심 단어들을 큰 줄기로 삼아 연관된 세부적인 내용들을 나뭇가지처럼 나열하다 보면 작가의 생각지도 윤곽이 드러난다.

사람마다 생각 패턴과 관심사가 달라서 동일한 칼럼을 보더라도 다양한 생각지도가 나온다. 각자 작성한 생각지도의 핵심 키워드를 중심으로 살을 붙여서 글을 써봄으로써 자신의 관점으로 칼럼의 핵심 내용을 온전히 흡수할 수 있다. 다양한 직업과 성별, 관심사를 가진 세 명의 사례를 통해 생각지도가 어떻게 달라지는지 알아보자.

■ **한국경제 천자칼럼 분석**

제목: 앨빈 토플러와 한경

앨빈 토플러가 대학시절 기계수리와 용접공으로 5년간 일한 것은 잘 알려져 있지 않다. 육체노동에 의한 부의 창출보다 지식이나 정보에 의한 가치를 중시하던 그로선 아이러니다. 하지만 그가 몸소 체험한 노동의 중요성은 그의 저서 곳곳에 스며들어 있다. 토플러는 신문기자도 했고 포천이나 플레이보이지에 글을 쓰기도 했다. 하지만 IBM과 제록스, AT&T 등에서 근무하면서 배운 지식이 그를 미래학자로 만드는 데 가장 큰 기여를 했다.

: 선택적 필사의 힘 :

경제학자들은 그를 좋아하지 않았지만 그가 산업 현장을 보고 미래를 예측한 인사이트들은 시대를 이끌었다. 그가 예언한 유전자 복제나 PC, 프로슈머의 출현, 재택근무 등 모든 게 현실화하고 있다. 시대적 예언자임에 틀림 없다.

특히 토플러를 좋아한 인물은 1980년대 중국의 개혁 개방을 이끌던 자오쯔양 공산당 총서기였다. 그는 토플러의 '제3의 물결'을 통해 중국의 경제개혁 프로그램을 만들려고 했다. 금서이던 이 책의 판매금지를 해제하기도 했다. 하지만 이런 그의 구상은 중국에선 먹혀들지 않았다.

오히려 토플러의 영향을 가장 많이 받은 국가는 한국이라 해도 과언이 아니다. 한국은 산업화 물결의 정점이던 시대에 토플러를 만났다. 한국경제신문을 통해서였다. 1980년대부터 토플러는 세간에 알려지기 시작했지만 결정적 계기는 1989년 한국경제신문과의 인연이었다. 한경은 공식적인 저작권 계약을 통해 1989년에 《제3의 물결(The Third Wave)》과 《미래 쇼크(Future Shock)》를 내고 1991년 《권력이동(Power shift)》을 출간했다. 토플러의 대표작 세 권이 모두 한경에서 나왔다. 특히 '권력이동'은 34만4000부에 달하는 공전의 히트를 기록했다. 당시 사회과학 서적은 3만부만 넘어도 출판계에서 화제가 되던 시절이었다. 외국에선 《제3의 물결》이 가장 많이 팔렸지만 한국에선 '권력이동'이 많이 판매됐다.

토플러의 저서들은 이정표를 잃은 한국에 큰 방향을 제시했다. 한경은 토플러를 초청해 대중 강연회를 열고 석학들과 대담을 벌이기도 했다. 그런 성과는 10년 뒤 한국에서 나타났다. 세계의 정보화, 제3의 물결을 리드해 나가기 시작한 것이다. 토플러가 어제 87세로 별세했다. 토플러는 21세기 문맹이란 재학습할 수 없는 사람들을 가리키는 것이라 했다. 지금 우리 사회는 토플러가 말한 문맹국으로 회귀하는 것은 아닌지, 토플러의 혜안이 그리워진다.

_오춘호 논설위원, 2016년 6월 30일, 이세훈,《아웃풋 독서법》재인용

* 칼럼의 핵심 3문장

1. 시대적 예언자임이 틀림없다.

2. 토플러의 영향을 가장 많이 받은 국가는 한국이라 해도 과언이 아니다.

3. 토플러의 저서들은 이정표를 잃은 한국에 큰 방향을 제시했다.

* 핵심 문장 비중 7퍼센트 = 68자(핵심 문장 글자 수)/923자(총 글자 수)

■ 천자 칼럼 구조 분석 및 글쓰기 1: 교육 공무원 Y 씨의 생각지도

1. 칼럼의 핵심 요약: 교육 공무원 Y 씨의 관점 반영

재학습할 수 없는 21세기 문맹자를 양성하는 지금 우리 사회의 교육 문제 해결을 위해서는 과거 우리 국가 발전의 이정표를 제시하여 세계의 정보화를 리드할 수 있도록 이끌어준 토플러의 혜안이 필요하다.

: 선택적 필사의 힘 :

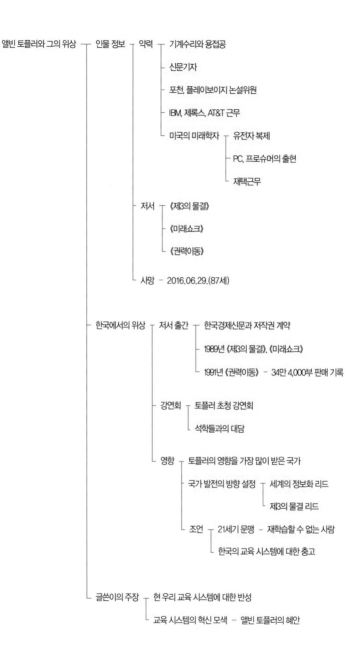

앨빈 토플러와 그의 위상 ┬ 인물 정보 ┬ 약력 ┬ 기계수리와 용접공
│   │   ├ 신문기자
│   │   ├ 포천, 플레이보이지 논설위원
│   │   ├ IBM, 제록스, AT&T 근무
│   │   └ 미국의 미래학자 ┬ 유전자 복제
│   │   ├ PC, 프로슈머의 출현
│   │   └ 재택근무
│   ├ 저서 ┬ 《제3의 물결》
│   │   ├ 《미래쇼크》
│   │   └ 《권력이동》
│   └ 사망 ─ 2016.06.29.(87세)
│
├ 한국에서의 위상 ┬ 저서 출간 ┬ 한국경제신문과 저작권 계약
│   │   ├ 1989년 《제3의 물결》, 《미래쇼크》
│   │   └ 1991년 《권력이동》 ─ 34만 4,000부 판매 기록
│   ├ 강연회 ┬ 토플러 초청 강연회
│   │   └ 석학들과의 대담
│   └ 영향 ┬ 토플러의 영향을 가장 많이 받은 국가
│   ├ 국가 발전의 방향 설정 ┬ 세계의 정보화 리드
│   │   └ 제3의 물결 리드
│   └ 조언 ┬ 21세기 문맹 ─ 재학습할 수 없는 사람
│   └ 한국의 교육 시스템에 대한 충고
│
└ 글쓴이의 주장 ┬ 현 우리 교육 시스템에 대한 반성
                └ 교육 시스템의 혁신 모색 ─ 앨빈 토플러의 혜안

2. 생각지도를 근거로 한 자신만의 글쓰기: 자신의 관점과 추가 의견 반영

- 자신의 생각지도 흐름을 따라 자연스러운 글쓰기를 시도하라(너무 잘 쓰려고 하지 마라).
- 생각지도에 나온 키워드와 흐름에 살을 붙여서 쓴다는 가벼운 마음으로 글을 쓰라.
- 그 과정을 통해 자신만의 생각지도가 형성된다(칼럼니스트와 생각의 차이를 느껴보라).
- 본인이 다시 정한 주제를 중심으로 글쓰기를 시작하라.

제목: 앨빈 토플러와 그의 위상

앨빈 토플러가 경험한 기계수리공, 용접공, 신문기자, 〈포천〉과 〈플레이보이〉의 논설위원, IBM, 제록스, AT&T 근무 등의 다양한 이력은 그를 미래학자로 만드는 데 큰 기여를 했다. 그의 미래를 예측하는 통찰력은 시대를 이끌었으며 이는 그가 예언한 유전자 복제나 PC, 프로슈머의 출현, 재택근무 등이 현실화되고 있다는 것으로 확인할 수 있다.

한국에 그가 본격적으로 알려지기 시작한 것은 〈한국경제신문〉을 통해 1989년 그의 저서 《제3의 물결(The Third Wave)》, 《미래쇼크(Future Shock)》 그리고 1991년 《권력이동(Power Shift)》이 출간된 것이 결정적 계기가 되었다고 할 수 있다. 특히 《권력이동》은 34만 4,000부의 판매기록을 남겼으며, 토플러 초청 대중 강연회 및 석학들과의 대담 등이 국내에서 개최되었다. 이런 그의 영향은 한국의 발전에 이정표를 제시함으로써 세계의 정보화와 제3의 물결을 리드해나갈 수 있도록 하는 성과로 표출되었다.

토플러는 21세기 문맹이란 재학습할 수 없는 사람들을 가리키는 것이라 했다. 지금 우리 사회의 시스템 특히 수동적, 주입식 교육 시스템은 문맹국으로 회귀하는 것은 아닌지에 대한 우려를 불러일으키고 있다. 이런 시점에서 어제 87세로 우리 곁을 떠난 토플러의 작고는 우리에게 안타까운 마음과 함께 그의 혜안에 대한 그리움을 남긴다.

■ 천자 칼럼 구조 분석 및 글쓰기 2: 기업체 교육팀장 C 씨의 생각지도

1. 칼럼의 핵심 요약: 기업체 교육팀장 C 씨의 관점 반영

〈한국경제신문〉이 매개체가 되어 공식적인 저작권 계약 후 1989년 《제3의 물결》, 《미래쇼크》, 1991년 《권력이동》을 출간하고 대중 강연회 및 석학들과의 대담을 성사시켰다. 이로써 이정표를 잃은 한국에게 방향을 제시했다. 앨빈 토플러는 21세기 문맹이란 재학습할 수 없는 사람들을 가리켰는데 문맹국으로 회귀하는 것은 아닌지 걱정된다. 어제 87세로 별세한 그의 혜안이 그립다.

2. 생각지도를 근거로 한 자신만의 글쓰기: 자신의 관점과 추가 의견 반영

- 자신의 생각지도 흐름을 따라 자연스러운 글쓰기를 시도하라(너무 잘 쓰려고 하지 마라).
- 생각지도에 나온 키워드와 흐름에 살을 붙여서 쓴다는 가벼운 마음으로 글을 쓰라.

- 그 과정을 통해 자신만의 생각지도가 형성된다(칼럼니스트와 생각의 차이를 느껴보라).

- 본인이 다시 정한 주제를 중심으로 글쓰기를 시작하라.

앨빈 토플러 ─┬─ 저서에 스며든 노동의 중요성 ─┬─ 육체노동에 의한 부의 창출보다 지식/정보에 의한 가치 중시
           │   │
           │   └─ 몸소 체험한 직업 ─┬─ 기계수리와 용접공(5년) ─ 대학 시절
           │   │
           │   ├─ 신문기자
           │   │
           │   ├─ 작가 ─ 포천, 플레이보이
           │   │
           │   ├─ 회사원 ─ IBM, 제록스, AT&T 등
           │   │
           │   └─ 미래학자
           │
           ├─ 경제학자들은 좋아하지 않았지만 시대적 예언자임에 틀림없는 그 ─ 미래 인사이트 현실화 ─┬─ 유전자 복제
           │   │
           │   ├─ PC
           │   │
           │   ├─ 프로슈머의 출현
           │   │
           │   └─ 재택근무
           │
           ├─ 그를 좋아한 인물 ─ 자오쯔양 중국 공산당 총서기 ─ 역할 ─┬─ 중국 개방 개혁
           │   │
           │   ├─ 추진시기/내용
           │   │   │
           │   │   1980년대 ─┬─ 토플러 《제3의 물결》을 통한 중국 경제
           │   │   │   개혁 프로그램 구상
           │   │   │
           │   │   └─ 금서이던 《제3의 물결》 판매금지 해제
           │   │
           │   └─ 추진 결과 ─ 적용되지 못함
           │
           ├─ 그의   ─ 한국 ─┬─ 내용 ─ 세계의 정보화, 제3의 물결 리드
           │ 영향력을   │
           │ 가장 많이   ├─ 시기 ─ 저서 출간 10년 뒤
           │ 받은 국가   │
           │   └─ 매개체 ─ 한국경제 ─┬─ 역할 ─ 공식적인 저작권 계약 후 출간
           │   신문   │
           │   │   토플러 초청 대중 강연회 및 석학들과 대담
           │   │
           │   ├─ 출간시기/ ─┬─ 1989년 ─┬─ 《제3의 물결》 ─ 외국에서 가장 많이 판매
           │   │   내용   │   │
           │   │   │   └─ 《미래쇼크》
           │   │   │
           │   │   └─ 1991년 ─ 《권력이동》 ─ 34만 4,000부 ─ 사회과학서적 히트 기준
           │   │   │
           │   │   └─ 한국에서 가장 많이 판매 ─ 3만 부 이상
           │   │
           │   └─ 출간 결과 ─ 이정표를 잃은 한국에 큰 방향을 제시한 그의 저서들
           │
           └─ 그리운 그의 혜안 ─ 어제 87세로 별세한 토플러 ─┬─ 21세기 문맹이란 재학습할 수 없는 사람들을 가리키는 것
                                                           │
                                                           └─ 문맹국으로 회귀하는 것은 아닌지 걱정되는 우리 사회

제목: 앨빈 토플러

앨빈 토플러는 육체노동에 의한 부의 창출보다 지식과 정보에 의한 가치를 중시하는 것으로 알려져 있다. 한편 대학 시절 기계수리와 용접공을 경험한 것과 같이 신문기자, 작가, 회사원 등의 다양한 직업 체험을 통해 느낀 노동의 중요성이 저서에 스며들어 있다.

경제학자들은 그를 좋아하지 않았다. 그럼에도 유전자 복제, PC, 프로슈머 출현, 재택근무 등의 미래 인사이트가 현실화가 되는 것으로 보아 시대적 예언자임에는 틀림없다.

그를 좋아한 인물로는 자오쯔양 중국 공산당 총서기를 꼽을 수 있다. 1980년대에 앨빈 토플러의 《제3의 물결》을 통해 중국 경제개혁 프로그램을 구상하였으나 실패했다.

그의 영향력을 가장 많이 받은 국가로는 한국을 꼽을 수 있다. 〈한국경제신문〉이 매개체가 되어 공식적인 저작권 계약 후 1989년 《제3의 물결》과 《미래쇼크》, 1991년 《권력이동》을 출간했다. 초청 강연회 및 석학들과의 대담을 통해 이정표를 잃은 한국에 큰 방향을 제시하였기 때문이다. 이를 통해 저서 출간 10년 뒤 한국은 세계의 정보화와 제3의 물결을 리드하는 나라로 거듭날 수 있었다.

앨빈 토플러는 21세기 문맹이란 재학습할 수 없는 사람들을 가리켰는데 문맹국으로 회귀하는 것은 아닌지 걱정되는 우리 사회에 어제 87세로 별세한 그의 혜안이 그립다.

: 선택적 필사의 힘 :

■ 천자 칼럼 구조 분석 및 글쓰기 3: 생각코딩 연구소 코치의 생각지도

1. 칼럼의 핵심 요약: 생각코딩 연구소 코치의 관점 반영

   한경에 의해 본격적으로 알려져 이정표 잃은 한국의 큰 방향을 제시했던, 향년 87세로 별세한 미래학자 앨빈 토플러의 시대적 예언자로의 혜안이 그립다.

2. 생각지도를 근거로 한 자신만의 글쓰기: 자신의 관점과 추가 의견 반영

   - 자신의 생각지도 흐름을 따라 자연스러운 글쓰기를 시도하라(너무 잘 쓰려고 하지 마라).

   - 생각지도에 나온 키워드와 흐름에 살을 붙여서 쓴다는 가벼운 마음으로 글을 쓰라.

   - 그 과정을 통해 자신만의 생각지도가 형성된다(칼럼니스트와 생각의 차이를 느껴보라).

   - 본인이 다시 정한 주제를 중심으로 글쓰기를 시작하라.

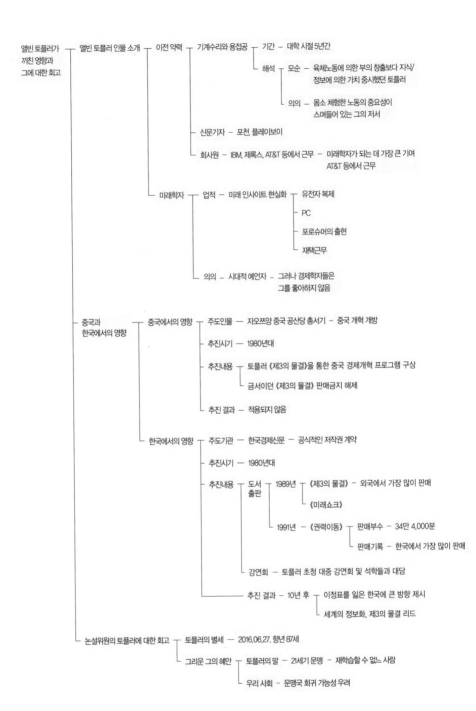

앨빈 토플러가
끼친 영향과
그에 대한 회고
├─ 앨빈 토플러 인물 소개 ┬─ 이전 약력 ┬─ 기계수리와 용접공 ┬─ 기간 ─ 대학 시절 5년간
│   │   │   └─ 해석 ┬─ 모순 ─ 육체노동에 의한 부의 창출보다 지식/
│   │   │   │   정보에 의한 가치 중시했던 토플러
│   │   │   └─ 의의 ─ 몸소 체험한 노동의 중요성이
│   │   │   스며들어 있는 그의 저서
│   │   ├─ 신문기자 ─ 포천, 플레이보이
│   │   └─ 회사원 ─ IBM, 제록스, AT&T 등에서 근무 ─ 미래학자가 되는 데 가장 큰 기여
│   │   AT&T 등에서 근무
│   └─ 미래학자 ┬─ 업적 ─ 미래 인사이트 현실화 ┬─ 유전자 복제
│   │   ├─ PC
│   │   ├─ 포로슈머의 출현
│   │   └─ 재택근무
│   └─ 의의 ─ 시대적 예언자 ─ 그러나 경제학자들은
│   그를 좋아하지 않음
├─ 중국과 ┬─ 중국에서의 영향 ┬─ 주도인물 ─ 자오쯔양 중국 공산당 총서기 ─ 중국 개혁 개방
│ 한국에서의 영향 │   ├─ 추진시기 ─ 1980년대
│   │   ├─ 추진내용 ┬─ 토플러 《제3의 물결》을 통한 중국 경제개혁 프로그램 구상
│   │   │   └─ 금서이던 《제3의 물결》 판매금지 해제
│   │   └─ 추진 결과 ─ 적용되지 않음
│   └─ 한국에서의 영향 ┬─ 주도기관 ─ 한국경제신문 ─ 공식적인 저작권 계약
│   ├─ 추진시기 ─ 1980년대
│   ├─ 추진내용 ┬─ 도서 ┬─ 1989년 ┬─ 《제3의 물결》 ─ 외국에서 가장 많이 판매
│   │   │ 출판 │   └─ 《미래쇼크》
│   │   │   └─ 1991년 ─ 《권력이동》 ┬─ 판매부수 ─ 34만 4,000부
│   │   │   └─ 판매기록 ─ 한국에서 가장 많이 판매
│   │   └─ 강연회 ─ 토플러 초청 대중 강연회 및 석학들과 대담
│   └─ 추진 결과 ─ 10년 후 ┬─ 이정표를 잃은 한국에 큰 방향 제시
│   └─ 세계의 정보화, 제3의 물결 리드
└─ 논설위원의 토플러에 대한 회고 ┬─ 토플러의 별세 ─ 2016.06.27, 향년 87세
                                  └─ 그리운 그의 혜안 ┬─ 토플러의 말 ─ 21세기 문맹 ─ 재학습할 수 없는 사람
                                                       └─ 우리 사회 ─ 문맹국 회귀 가능성 우려

제목: 앨빈 토플러

미래학자 앨빈 토플러는 대학 시절 5년간 기계수리공과 용접공으로 일했다. 육체노동에 의한 부의 창출보다 지식과 정보에 의한 가치를 중시를 주장했던 그의 이력이라는 점에서 아이러니한 이력이다. 하지만 그의 저서에는 그가 몸소 체험한 노동의 중요성이 스며들어 있다. 토플러는 신문기자로 활동하며, 〈포천〉이나 〈플레이보이〉에 글을 썼다. 또한 IBM, 제록스, AT&T 등에서 근무했는데, 이때 배운 지식들은 그가 미래학자가 되는 데 가장 큰 기여를 하였다. 미래학자로서 토플러의 업적은 유전자 복제, PC, 프로슈머의 출현, 재택근무 등 미래의 인사이트를 예측했다는 데 있다. 시대적 예언자인 토플러였지만, 경제학자들은 그를 좋아하지 않았다.

1980년대 중국 개혁 개방을 주도했던 자오쯔양 중국 공산당 총서기는 중국 경제개혁 프로그램을 구상하기 위해 당시 금서였던 《제3의 물결》의 판매금지를 해제했다. 그러나 자오쯔양의 노력은 성과를 내지 못했다.

토플러가 한국에 본격적으로 알려진 계기는 〈한국경제신문〉(이후 한경)의 공식 저작권 계약 때문이다. 1989년 《제3의 물결》과 《미래쇼크》, 1991년 《권력이동》이 한국어판으로 출판되었다. 외국에서는 《제3의 물결》이 가장 많이 팔렸으나, 한국에서는 《권력이동》이 34만 4,000부가 팔리면서 사회과학 서적 히트 기준인 3만 부를 훌쩍 뛰어넘었다. 한경은 토플러를 한국에 직접 초청해 대중 강연회를 열고, 석학들과의 대담을 주최하기도 했다.

이러한 노력으로 토플러의 사상은 이정표를 잃은 한국에 큰 방향을 제시했으며, 10년 뒤 한국은 세계의 정보화와 제3의 물결을 주도하는 국가가 되었다.

어제 향년 87세로 토플러가 이 세상을 떠났다. 21세기 문맹이란 재학습할 수 없는 사람들이라고 했던 토플러. 현재 우리 사회가 문맹국으로 회귀하고 있는 것은 아닌지, 그의 혜안이 그립다.

시 패러디의
기술

● 　글은 크게 시로 대표되는 운문(韻文)과 시 외에 다른 모든 글을 아우르는 산문(散文)으로 나눠볼 수 있다. 글의 구조나 생각지도라는 어감이 논리적이고 형식적이라는 뉘앙스를 풍겨서 시에는 어울리지 않는 것처럼 느껴질 수도 있다. 하지만 시만큼 단순해 보이면서 강력한 글의 구조를 가진 장르도 없다. 시인의 생각과 감정을 최소한의 단어로 압축하여 다양한 의미와 해석을 불러일으켜야 하므로 일반 글들보다 탄탄한 구조가 필요하다.

　베껴 쓰기에서 창작의 세계로 입문하기 위해서는 필사하되, 의식적으로 유명한 시인이 창의적으로 구축해놓은 시의 구조와 틀을 파악해야 한다. 그 후에 본인이 쓰고자 하는 시의 핵심 주제를 비유적이고 은유적인 표현으로 압축하여 채워 넣는 다양한 연습이 필요하다. 다소 유치해 보이는 방식이라도 주제를 표현하는 연습을 해야 한다. 불필요한 시행착오를 줄이는 과정을 거쳐야 비로소 시다운 시를 써낼 수 있다.

정호승 시인이 그의 산문집에 자신의 유명한 시를 패러디한 중학생에게 분노했다는 글을 쓴 적이 있다. 그런데 중학생이 바꿔 쓴 얼토당토않은 시를 다시 보면서 생각을 바꿨다고 한다. 자신이 무명 시절 열정적인 시인의 순수성을 잃어가면서 돈 버는 일에만 마음을 빼앗겼던 것은 아닌지 성찰의 기회로 삼았다는 일화다.

유명한 시인의 시를 공공연하게 패러디(바꿔 쓰기)하라고 제안하는 일이 참 망설여지고 쉽지 않은 시도다. 시인의 시를 존중하는 마음으로 필사하면 될 일을 굳이 패러디(바꿔 쓰기)라는 과정이 왜 필요한지 스스로에게 진지하게 질문하는 시간이 필요했다. 자칫 잘못하면 시인에 대한 모독이 될 수 있는 위험천만한 시도이기에 더욱 그렇다.

그럼에도 용기를 낼 수 있었던 이유 또는 근거를 발견했다. 문단의 거장 장정일 선생이 김춘수 시인의 〈꽃〉을 패러디하여 〈라디오와 같이 사랑을 끄고 켤 수 있다면〉이라는 시를 썼다는 사실이다. 패러디를 거쳐 자신만의 시 쓰기 세계로 갈 수 있는 든든한 지원군이 생겼다.

김춘수 시인의 생각지도가 담긴 〈꽃〉의 구조와 리듬을 거의 그대

: 선택적 필사의 힘 :

로 차용하여 4개 연의 구성이 비슷하다. 추구하는 내용은 다르지만, 시의 고유한 구조는 김춘수 시인의 시를 거의 그대로 패러디한 것이다. 생각지도를 빌려 쓰는 패러디는 표절이 아니고, 문단에서 허용된 재창조의 영역으로 이해할 수 있다. 생각지도를 빌려 쓰는 패러디라는 양식을 통해 새로운 시를 재창조하는 것이다.

내가 단추를 눌러 주기 전에는

그는 다만

하나의 라디오에 지나지 않았다.

내가 그의 단추를 눌러 주었을 때

그는 나에게로 와서

전파가 되었다.

내가 그의 단추를 눌러 준 것처럼

누가 와서 나의

굳어버린 핏줄기와 황량한 가슴속 버튼을 눌러 다오.

그에게로 가서 나도

그의 전파가 되고 싶다.

우리들은 모두

사랑이 되고 싶다.

끄고 싶을 때 끄고 켜고 싶을 때 켤 수 있는

라디오가 되고 싶다

_ 장정일, 〈라디오와 같이 사랑을 끄고 켤 수 있다면〉

시는 시인의 은유적이고 비유적인 표현을 통해, 독자들로 하여금 여러 가지 해석과 감정적인 교류를 끌어내는 데 그 의의가 있다. 또 다른 관점으로 본인이 직접 시를 써보는 과정이다. 바꿔 쓰기의 마지막 순서다. 시의 주요 상징물이나 의미, 시적 화자(話者)를 교체함으로써 다른 감각이나 해석, 감동을 끌어내는 과정이다.

1단계: 전문 필사

〈사슴〉 전문을 필사하면서, 한 글자 한 글자 음미하는 과정을 거친다.

모가지가 길어서 슬픈 짐승이여,

언제나 점잖은 편 말이 없구나.

관(冠)이 향기로운 너는

무척 높은 족속이었나 보다.

물속의 제 그림자를 들여다보고

: 선택적 필사의 힘 :

잃었던 전설을 생각해내고는

어찌할 수 없는 향수에

슬픈 모가지를 하고

먼 데 산을 바라본다.

_노천명, 〈사슴〉

2단계: 패러디

노천명의 〈사슴〉에서 시인은 자신이 형상화하고 싶은 시적 화자(시적 자아)를 투영할 수 있는 대상으로 '사슴'을 선택했다. 시적 화자와 유사한 성격이나 특징을 가지고 있는 대상을 선택하여 독자들의 관심과 공감을 불러일으킨다.

만약 시를 쓰고자 한다면, 시 속에서 이야기를 끌어가는 시적 화자를 투영시킬 수 있는 대상을 선택할지, 또는 연관된 사람을 염두에 두고 전개할지 결정해야 한다.

원작인 〈사슴〉에서 주로 사용한 비유와 은유, 공감각의 세계로 다시 돌아가 보자. 큰 주제는 외로움, 상실감, 고독으로 정하고 시작한다.

우선 큰 주제와 연관성이 있어 보이는 대표적인 사람이나 대상물을 찾아야 한다. 노천명 시인이 사슴을 대상물로 찾아낸 건 아무리 생각해봐도 신의 한 수다. 도저히 사슴보다 더 적합한 짐승을 찾아낼 수가 없다. 모가지가 긴 동물이라면 기린이다. 기린으로 사슴만한 감수성과 시적 의미를 표현할 수 있을지는 미지수다.

　원작인 〈사슴〉과 대비해가면서 시다운 시를 써보자. 〈사슴〉에 대한 필사는 필수이며, 당신이 쓴 시는 덤으로 주어지는 선물이다. 위대한 원작인 〈사슴〉을 다시 살펴보면서, 창작의 길로 입문하기 위해 고쳐 쓰기를 시도한다. 우선 시적 대상물을 밝히지 않고, 〈사슴〉의 구조를 원용하여 필자가 작성한 시를 소개한다.

　　외다리가 길어서 슬픈 짐승이여

　　언제나 고고한 편 말이 없구나

　　관(冠)을 곧게 세운 너는

　　무척 높은 족속이었나 보다

　　물속의 제 그림자를 들여다보고

　　잊혀진 상처가 일깨워지고

　　어찌할 수 없는 기억에

　　슬픈 외다리를 하고

　　먼 데 산을 쳐다본다

　우선 역발상으로 시를 보고 시인이 설정한 시적 대상물이 무엇인지 상상해보기 바란다. 그런대로 읽어줄 만한 시인 것 같지만, 뭔가 부족하다는 느낌을 지울 수가 없다. 필자가 스스로 쓴 시이지만 그런 느낌이나 평가를 내릴 수밖에 없다. 원작자의 구조와 틀에는 의지하되, 최대한 원작자와 다른 시적 용어를 사용하여 차별화를 시도했지만 한계가 있음을 인정한다.

참고로 필자가 쓴 시에 등장하는 시적 대상물은 '학'이다. 집 주변 양재천에서 무리로부터 벗어나 한쪽 다리를 접은 채로 물가에 서 있는 모습이 생각나서 쓴 시다. 실제로 외다리는 아니다. 시적 대상물이 '사슴'이 아닌 '학'이라는 점이 한계일 수도 있다.

사슴을 선택한 원작자의 안목을 넘어설 수 없다는 점에서 노천명 작가에게 경의를 표하고 싶다. 이후에 각 구절을 대비해보면서, 원작과의 차이점을 확인하는 과정이 필요하다. 조금씩 그 갭을 메꾸어감으로써 시인의 세계로 입문할 수 있기를 소망한다.

그 출발은 유명한 시에 대한 필사에서 시작됨을 기억하라. 궁극적으로 독자들도 자신만의 고유한 구조와 틀을 만들어내기를 바란다. 주제에 맞는 은유와 비유, 공감각 등 시적인 표현을 통해 진정한 시인으로 거듭날 수 있기를 진심으로 기원한다.

메모처럼 시작된 자작시,
호평을 받다

● 　시를 본격적으로 필사하면서 시심이 발동하기 시작했다. 중년이 제2의 사춘기라더니, 필사적으로 시를 필사한 덕분에 사춘기의 감수성이 되살아났다. 시를 필사하는 순간 그분(?)이 바로 오시는 건 아니다. 상황에 따라 여러 가지 경로로 다가온다. 오늘부터라도 꾸준하게 시를 필사해서 당신 안에 잠든 시심을 깨우기 바란다.

　정호승 시인은 〈모든 벽은 문이다〉라는 산문 끝에 자신이 지은 시 〈벽〉을 소개했다. 내 마음에 벽은 없는지 살펴보라는 제안을 했다. 그의 제안이 계기가 되어 한 편의 시를 썼다.

　마음에 벽이 있는지 살펴보라는 제안과 정호승 시인이 쓴 〈벽〉 중에서 울림을 주는 핵심 시 구절이 결정적으로 영감을 주었다.

: 선택적 필사의 힘 :

제목은 〈마음의 벽〉이라는 자작시다.

세월이 흐를수록

키가 자라는 만큼

마음도 커질 줄 알았네

세월이 흐를수록

마음의 벽은 높아만 가고

단단해지던걸

그 벽을 뚫기 위해

무수한 치유의 드릴과

소쩍새의 울음소리로

지새우던 밤

벽은 뚫기 위해

존재하지 않는다는 것을

담쟁이덩굴이

벽을 타고 넘듯

내 안의 나를 타고 넘어가야 됨을

세월이 흐를수록

내 사랑이 커지는 만큼

행복이 커질 줄 알았네

　새벽기차를 타고 울산역에 도착했을 때, 예기치 않았던 유화 전시
회의 그림을 보고 시심이 발동한 일이 있다.

　제목은 〈그림 속에 없는 너를 기리다가〉이다. 은행나무 잎이 무성
한 거리, 온통 노란색으로 뒤덮인 길에서 아무도 볼 수 없었다. 이
그림을 그린 작가를 상상하면서 시를 쓰기 시작했다. 멋진 유화를
배경으로 한 편의 자작시를 감상해보기 바란다.

당신이 그린 풍경

어디를 둘러봐도

당신의 발자욱이

보이지 않습니다.

144

여기서 끝이냐고? 맞다. 여기서 끝나는 시다. 사실은 여기까지 스마트폰에 썼는데, 버튼을 잘못 눌러서 블로그에 바로 포스팅되었다. 수정하려 했지만, 스마트폰 성능의 문제인지 조작의 문제인지 모르겠으나 그냥 둘 수밖에 없었다. 블로그 이웃들의 반응은 의외였다. '절제미(?)'가 있어서 더 좋다는 댓글이 달렸다. 그 지점에서 멈췄다.

하루는 전국에 첫눈이 내렸다는 소식이 여기저기서 들려왔다. 유독 울산에만 눈이 내리지 않았을 때 〈내 마음에 눈이 꽃으로 내릴 때〉라는 시를 쓰기도 했다.

눈발이 흩날리면

내 마음의

한 자락 끝이

나부낀다

비가 눈물이라면

눈은

당신의

무엇입니까

눈은

너에게로 가고픈

나의

발자국이다

햇빛에

녹아질지언정

너의 마음에

안개꽃으로

피어날

너를 향한

내 마음의

마지막

불꽃이다

인생의 문제가 방정식으로 풀리지 않는 이유는 항상 변수가 존재
하는 함수 같은 인생이기에 그렇다. 인생의 변하지 않는 상수는 인
생이 변화무쌍하고 예측불허라는 한 가지 사실이다. 해답이 없는
인생인데도, 매번 정답을 찾는 연습을 반복해온 삶의 궤적들!

자작시 〈인생이 뭔들!〉이 가슴 한쪽에서 피어오른다.

146   ː 선택적 필사의 힘 ː

감성이

메말라간들

어느새 식어 버린

사랑의 흔적들

지식을

쌓아놓은들

박제가 되어 버린

암묵적 상식들

인생을

파헤쳐낸들

미로가 되어 버린

우리들! 인생들!

'누구나 시인이 될 순 없지만 시를 쓸 수 있다'라는 말이 생각난다. 필자도 시를 따로 전문적으로 배운 적은 없다. 시를 본격적으로 필사한 것이 계기가 되어, 시를 쓰고 있다. 누구나 시인이 될 필요는 없지만, 필사를 통해 시심을 깨워서 한 줄의 시라도 써보는 시도를 해보기 바란다.

감수성을 충전하기 위해 필사할 수 있는 최적의 장르는 시다. 김용택 시인과 나태주 시인의 시를 필사하다 보면 시에 푹 젖는다는 표현을 온몸으로 실감할 수 있다. 최근 인스타그램에서 인기를 끌고 있는 시도 좋지만, 대표적인 시인들과의 감수성 깊이의 차이가 분명 존재한다. 감수성이 흘러넘치는 시인들의 시가 이미 존재하고 있음에 감사가 절로 나온다. 꾸준한 필사를 통해 그 차이를 채워가다 보면 그들처럼 될 수 있다는 소망이 있기 때문이다.

그냥 지나치기 쉬운 사람도 의미를 부여하는 순간 꽃이 된다. 학창 시절에 추억의 책장을 넘기며 김춘수 시인의 '꽃'을 선물하고 싶다. 어린 왕자도 자신의 장미를 길들이고, 이름을 불러주며 자신만의 꽃으로 의미를 부여했다. 시인들은 저마다 자연 속에 핀 꽃들에 다른 의미들을 부여한다.

시는 의미 부여의 미학이다. 당신 주변에 너무 평범해서 주목받지 못하는 사람이 있다면 그(녀)의 이름을 살짝 불러주기 바란다. 평범한 일상에도 의미를 부여하여 행복을 건져 올리려는 소망으로 시를 꾸준하게 필사해보기 바란다.

동양고전에서
천년의 지혜를 훔치다

사람마다 마음의 평정심을 유지하기 위해 여러 가지 활동을 한다. 운동, 요가, 등산, 명상, 산책 등 그 종류도 다양하다. 거기에 하나를 더하자면 동양고전 읽기를 추가할 수 있다. 인생이 나아가야 할 올바른 방향에 대한 지침도 얻고 자신의 생각을 정리할 수 있기 때문이다. 동양고전에는 천년의 세월을 통해 검증된 삶의 지혜와 통찰이 응축되어 있기에 항상 가까이하고 싶은 책이다. 한자 세대인 필자로서는 그리 어렵지 않게 접근할 수 있어서 더 끌림이 있는 책이기도 하다.

동양고전은 원문과 전문가들의 해석만 읽고 넘어가면 금방 읽을 수도 있다. 하지만 마치 자기계발 서적을 읽듯이 눈으로 스치고 지나가면 머리에 남는 것도 없고 학창 시절에 도덕책을 읽는 것처럼 무미건조할 수도 있다. 모름지기 동양고전은 필사를 통해 그 깊은 뜻을 곱씹어보고 되새김질해야 천년의 깊은 내공에 가까스로 접근할 수 있다.

동양고전을 필사할 때는 원문을 베껴 쓰면서 원문의 기본적인 뜻을 이해하는 과정을 먼저 거쳐야 한다. 범위가 방대하므로 초기에는 동양고전 전문가들이 주제별로 엄선한 핵심 구절들을 필사하는 방법을 권장한다.

필자는 초기에 《동양고전 잠언 500선》이라는 책으로 시작했다. 동양의 3대 잠언집인 《명심보감》, 《채근담》, 《유몽영》에서 엄선한 잠언들이라는 말이 필자를 끌어당겼다. 목차를 살펴보니 권학, 수신, 제가, 치평, 자연, 출세 등 6개의 주제로 나뉘어 있었다. 수신이 가장 많은 부분을 차지한다. 자연과 출세에 대한 잠언이 그다음으로 많다. 부록으로 필사 노트까지 있어서 바로 구매해서 필사를 시작했다.

잠언 필사 노트에 원문과 해석을 옮겨 적으면서 필사의 묘미와 사유의 깊이를 느낄 수 있었다. 첫 번째 주제인 권학부터 찬찬히 숙독하며 한 글자, 한 글자 정성을 들여 필사했다.

널리 들어 기억하되 양보하고, 선을 돈독히 하여 실행하되
게으르지 않게 한다. 이를 일컬어 '군자'라고 한다.

: 선택적 필사의 힘 :

(禮記 曰, 博聞强識而讓, 敦善行而不怠, 謂之君子).

《예기》〈곡례 상편〉에 나오는 구절이다. 군자란 모름지기 상황이나 형편을 잘 듣고 잘 기억해서 잘 양보하는 사람으로 해석할 수 있다. 부지런하게 몸을 움직여 선행을 적극적으로 실천하는 사람을 일컫는 말이다. 성실하게 선을 실천하기란 말처럼 쉽지 않다. 하지만 마음속의 선한 생각을 행동으로 실천하는 사람이 되고 싶다는 결심을 유도하는 명문장이다.

필사의 다음 단계로, 앞서 예로 든 군자의 삶과 연관된 다른 구절을 찾아 이해의 폭을 넓히는 과정이 필요하다. 그래야 동양고전의 깊은 의미를 제대로 파악하고 삶에 적용할 수 있다.

동양고전을 읽고 필사할 때, 고전에 대한 맹신에 빠지지 않도록 유의해야 한다. 결국 독서는 철저하게 우리의 삶과 연결고리를 찾아 삶에 변화를 가져와야 의미가 있다. 하지만 동양고전 필사를 막 시작한 필자 입장에서도 쉽지 않은 일이었다. 원문과 해석 필사를 하다 막히면, 원문 해석을 하되 현실에 적용하는 서적을 다시 필사하면 된다. 필자가 대안으로 선택한 책은 조윤제 작가의《천년의 내공》이다.

필사할 때는 항상 세부적인 내용보다 소주제나 한 꼭지가 어떤 구조로 구성되어 있는지 살펴보고 옮겨 쓰기를 시작해야 한다.《천년의 내공》소주제 서술 방식의 구조는 크게 세 부분으로 이루어져 있다. 상단에는 동양고전에서 엄선한 표제 구절 원문이 있고, 원문에 대한 해석이 덧붙여져 있다. 글의 첫머리에서 보통 표제 구절에 대한 추가적인 해설이 덧붙여진다. 동시에 전체 주제를 이끌어가기 위해 표제 구절을 현재의 상황과 연결해 이슈를 제기한다. 다음으로 이슈를 해결하기 위한 자신의 주장을 펼치고, 그 주장을 뒷받침하기 위한 다른 동양고전이나 서양고전, 유명인들의 명언 등을 인용하기도 한다. 주제와 연관된 현실의 문제 사례를 들어 바람직한 방향을 제시하는 형태로 마무리한다.

필자는《천년의 내공》필사를 통해 동양고전을 해석하고 현실에 적용하는 소주제의 구조를 파악한 후, 다음과 같이 글을 쓰기 시작했다. 동양고전 원문과 해석, 현실 적용에 대한 전문가들의 필사를 통해 동양고전 작가로 거듭날 것이다.

표제 구절은《한비자》에서 건져 올렸다.

아는 바가 어려운 게 아니다. 어떻게 처신하느냐가 어렵다.

_《한비자》

자신의 상황을 제대로 파악하고 처신해야 함의 중요성을 일컫는 말이다. 처신은 세상살이나 대인관계에서 지녀야 할 바른 몸가짐이나 행동을 의미한다.

가정에서는 가장으로서 따뜻한 말과 사랑으로 가족을 이끌어야

: 선택적 필사의 힘 :

한다. 회사에서는 리더일수록 몸을 낮추어 경청하는 태도를 갖추어야 한다. 공직자라면 국민이 부여해준 자리에서 한 발짝 내려와 민심에 겸허하게 귀 기울여야 한다.

《맹자》에 "천하의 넓은 지경에 머물며, 올바른 지점에 서서, 큰 도를 행하라"라는 구절이 나온다. 세상의 큰 흐름을 파악하기 위해 넓은 시야를 가져라. 동시에 자신이 머물고 있는 위치가 주는 의미를 제대로 알아야 한다. 자신의 직위나 직책에 맞는 처신으로 신뢰를 얻고 인생의 바른길을 가라는 말이다.

평소 사람을 대할 때 부드러운 말과 예의를 갖춘 행동은 상대방에게 호감을 준다. 이슈를 해결하기 위한 논리적인 의사소통으로 상호 신뢰가 구축된다. 영업사원의 매너 있는 행동이 고객과의 거래를 성사시킨다. 회사에서는 핵심 위주의 커뮤니케이션으로 동료들과 원만한 관계를 유지하는 사람이 상사의 신뢰를 받게 된다. 세계 무대에서도 대통령이나 외교관들의 품격 있는 외교 매너로 국가의 이미지가 제고된다.

한편, 부적절한 처신으로 평생 쌓아온 신뢰와 명성을 한 방에 날려버리는 공인들의 기사를 접하는 일이 많다. 국민을 금수로 표현한 망발이나 외교 무대에서 성추행 시비를 일으킨 사례들이다. 까마귀가 날아오르자 배가 떨어진 오비이락(烏飛梨落)의 상황이었다며 자신을 합리화하기도 한다. 리더의 위치에 있는 사람일수록 '배나무 아래서 갓을 고쳐 쓰지 말라(李下不整冠)'고 했던 선현의 교훈을 마음에 새겨야 한다. 리더의 위치에 있을수록 평소에 오해가 생길 만한 말이나 행동을 스스로 조심하고 삼가야 한다.

더 나아가 스티븐 코비는 《신뢰의 속도》에서 언행일치와 약속을 지키는 능력이 신뢰를 높일 수 있다고 강조한다. 리더가 하는 말은 개인적인 소회가 아니라 대부분 구성원과 연관성을 맺고 있다. 한 번 내뱉은 말은 반드시 지키는 바른 처신으로 신뢰를 쌓아야 한다. 아는 바가 어려운 게 아니다. 어떻게 처신하느냐가 어렵다.

본래 귀감은 처신과 관련해서 나온 고사성어다. '귀(龜)'는 거북의 형상을 위에서 본 그림이다. '감(鑑)'은 거울 역할을 했던 물그릇에 비친 자기 모습이다. 평소에 자신의 말과 행동이 바람직한 모습을 갖추고 있는지 수시로 점검해야 한다. 거울삼아 본받을 만한 모범적인 처신으로 신뢰를 쌓고 스스로에게 당당한 삶을 살아가라.

올바른 자리에 자신을 두라는 주제로 바람직한 군자의 삶과 연관된 내용이다. 독자들도 동양고전 필사를 통해 천년의 세월 동안 검증된 지혜를 적용함으로써 날마다 변화되는 삶을 살아가기 바란다.

: 선택적 필사의 힘 :

필사적인 필사로
작가로 입문하다

● '필사'라는 키워드와 늘 함께하는 이가 있으니, 《엄마를 부탁해》로 이름을 날린 소설가 신경숙이다. 내로라하는 문학 선배들의 작품을 필사하면서 스스로 작가 수업을 했다는 얘기는 문단에서 하나의 전설로 남아 있다. 그녀가 따로 문학 수업을 받지 않고도 세계에서 주목받는 작가로 등극할 수 있었던 토대가 필사적인 필사에 있다.

신경숙은 필사의 과정을 통해 작가로서 자신의 소명을 발견했다. 흔들림 없이 작가의 길을 걷겠다는 결연한 의지를 그녀의 산문집 《아름다운 그늘》에서 엿볼 수 있다.

> 필사를 하면서 나는 처음으로 이게 아닌데,라는 생각에서 벗어
> 날 수 있었다. 이것이다. 나는 이 길로 가리라. 필사를 하는 동안
> 의 그 황홀함은 내가 무슨 일을 할 것인가를 각인시켜준 독특
> 한 체험이었다.
>
> _ 신경숙, 《아름다운 그늘》

　신경숙이 소설 《강》을 필사한 이후에 김승옥의 《무진기행》을 필
사했다는 얘기가 그녀의 산문집에 나온다. 대가가 걸어온 작가로의
길을 그대로 걷다 보면 우리가 작가로 가는 길의 동행인 필사의 위
력을 체험해볼 수 있다. 신경숙의 필사 전설을 백번 듣는 것보다 한
번 체험해보는 게 도움이 된다. 신경숙의 필사 과정을 되짚어보고
따라잡기를 하는 게 현명한 일이다.

　강남의 대형 문고에 가서 김승옥의 《무진기행》을 검색하면 《무진
기행》이 한 권의 소설집으로 묶여 있는 것을 확인할 수 있다. 이름만
대면 알 수 있는 전통 있는 출판사들이 펴낸 소설집이다. 그 틈바구
니에서 최초의 필사하는 책 《나의 첫 필사노트: 무진기행》을 만나볼
수 있었다. 한쪽 면은 본문 중 핵심을 발췌한 내용으로 채워져 있고,
다른 한 면은 빈칸으로 되어 있어 바로 필사할 수 있는 구성이다.

　필자가 동양고전에 대한 집필을 계획하던 중에 원고 작성 시 도움
이 되고자 생각해낸 구성 방식과 유사해서 더 반가웠다. 조윤제의
《천년의 내공》을 구매해서 읽다가 필사해야겠다는 생각이 들자 책

　　　　　　　　　　　　　: 선택적 필사의 힘 :

따로, 노트 따로 불편함이 느껴졌다. 책을 펼쳐놓고 필사하다 보면 자꾸 책이 덮이는 불편함도 있었다.

구매한 책을 복사 전문점에서 확대 복사해서 한쪽 면은 본문 내용을 두고, 다른 한쪽은 공란으로 편제했다. 부피가 커진 관계로 2권으로 분할하고, 스프링 처리를 했다. 넘기기도 쉽고, 필사 중에 책이 접히지 않게 처리했다. 매일 시간이 날 때마다 한 꼭지씩 필사를 하고 있다. 언젠가는 동양고전에 대한 책을 내리라는 희망을 갖고 하는 일이라 즐겁게 필사하고 있다.

보통 필사를 하다 보면 지루하고 힘들다는 얘기들을 하지만 필자는 지금까지 필사가 어렵다거나 손으로 하는 노동이라는 느낌을 받은 적이 없다. 눈으로 읽는 독서에 비해 시간이 더 소요되기 때문에 시간을 따로 배정해야 한다는 것 외에는 크게 신경 쓸 일이 없다. 그 밑바탕에는 필사를 통해 필력이 향상되고 새로운 분야의 책을 낼 수 있으리라는 희망이 강력한 동기로 작용하기 때문이다.

신경숙 작가 따라잡기로 시작한 《무진기행》 필사 여행도 유쾌하기는 마찬가지다. 우선 글의 짜임새가 탄탄하다. 허튼 표현이 하나도 없을 정도로 앞뒤 문장이 긴밀하게 물고 물리며 글이 전개된다. 작품의 중심 배경인 '무진'이라는 고향에 대한 세부적인 묘사나 인물들의 대사 처리 방식은 정말 압권이다. 본문 내용의 흐름이 워낙 좋다 보니 다음 내용이 궁금해서 필사 속도가 따라갈 수 없다는 게 단점 아닌 단점이다.

작품 자체가 갖고 있는 구조적인 문제가 아니다. 필사는 기본적으로 먼저 작품 전체를 읽고 난 후에 본격적으로 하는 게 정석이다. 신경숙 작가를 통해 검증된 작품이라 일단 필사부터 하고 보자는 식으로 단계를 뛰어넘은 성급함에서 오는 시행착오일 뿐이다.

그럼에도 마치 맛있는 음식이 차려진 진수성찬을 말끔하게 비워내듯《무진기행》의 독서를 깔끔하게 마칠 수 있어서 상쾌한 느낌이 들었다. 좋은 풍경을 자전거를 타고 시원한 바람을 맞으며 한 바퀴 돌고 난 느낌이다. 한편《무진기행》의 내용은 유쾌하거나 그리 가벼운 내용이 아니다.《나의 첫 필사노트: 무진기행》에 소개된 필사를 위한 몇 가지 도움말이 이를 잘 말해주고 있다.

> 안개로 상징되는 허무에서 벗어나 일상 공간으로 돌아오는 한 젊은이의 귀향 체험을 통해 개인의 꿈과 낭만은 용인되지 않는 사회 조직 속에서 소외당한 현대인의 고독과 비애를 그리고 있다.
>
> _김승옥,《나의 첫 필사노트: 무진기행》

주인공의 고향인 '무진'은 외부인들의 관점에는 명산물이 따로 없는 해변의 농촌 마을이다. 주인공 윤희중의 관점에서는 자욱한 안개가 고향 무진의 명산물이다. 안개가 작품 전체를 이끌고 가는 중심 테제이면서 인생의 허무를 상징한다. 자욱한 안개가 섬 전체를 덮고 있다. 등장인물들은 안개를 헤치고 걷혀줄 해와 바람을 염원

: 선택적 필사의 힘 :

한다. 하지만 결국 그 굴레에서 벗어날 수 없다. 그런 현실의 높은 벽을 작가는 섬세하게 묘사하고 있다.

《무진기행》에 대한 몇 가지 도움말을 보기 전, 필사를 하던 중에 필자의 시선과 손을 멈추게 하는 부분이 있었다. 일단 필사를 하고 보자는 식으로 시작했던 일이라 《무진기행》의 주제나 내용에 대한 사전 이해가 없는 상태에서 마주친 문단이다. 필자라면 무미건조한 세 문장으로 끝낼 수 있는 사실적인 세계다. 이를 안개라는 상징물을 통해 유려한 필치로 주제의식을 드러내는 김승옥 작가의 글쓰기 내공에 감탄을 금할 수 없었다.

문단의 첫머리가 이렇게 시작된다.

> 무진에 명산물이 없는 게 아니다.
> 나는 그것이 무엇인지 알고 있다. 그것은 안개다.

먼저 필자 입장에서 쓸 수 있는 사실적인 표현을 쓰고, 김승옥 작가의 상징적이고 섬세한 묘사를 대비해 그 차이를 느껴보자.

1. 무진에서 아침에 일어나서 자욱한 안개를 볼 수 있었다.
 → 아침에 잠자리에서 일어나서 밖으로 나오면, 밤사이에 진주해 온 적군들처럼 안개가 무진을 삥 둘러싸고 있는 것이었다.

2. 무진에 있는 산들도 안개로 덮여 있었다.

→ 무진을 둘러싸고 있던 산들도 안개에 의하여 보이지 않는
면 곳으로 유배당해버리고 없었다.

3. 안개는 마치 뿌연 연기처럼 보였다.

→ 안개는 마치 이승에 한이 있어서 매일 밤 찾아오는
여귀(女鬼)가 뿜어내놓은 입김과 같았다.

　필자의 입장에서 쓴 짧은 문장과 김승옥 작가의 섬세한 묘사가 사실적인 세계에서는 의미가 서로 통한다. 하지만 김승옥 작가가 유려한 필치로 그려낸 상징적인 세계는 안개라는 허무의 굴레 속에 갇힌 현대인의 자화상을 보는 듯하다. 독자의 마음에 공감이 되거든, 김승옥의《무진기행》을 직접 필사해보면서 필자가 느꼈던 감흥을 나눠 가졌으면 하는 바람이다. 눈으로 읽을 때와 다르게 한 문장씩 옮겨 적다 보면 작품 내용이 내 마음으로 들어오는 체험을 할 수 있다.

제5장

—

작가
실전 수업

독자들은
어떤 생각을 할까?

● 나는 나일 뿐 (…) 자신의 기질이나 성격에 맞는 방법을 택하면
됩니다. (…) 시간은 훔칠 수 있는 게 아니니까요. 그리고 아이
디어가 떠오르면 그것을 글로 표현하면 됩니다. 그렇게 하면
올바른 방향으로 가는 겁니다. 결국 누구나 자기에게 맞는 최
선의 방법을 찾아내야 합니다.

_ 메이슨 커리, 《리추얼》

앞서 잠깐 이야기한 《리추얼》에서 가져온 문장이다. 최근 이 책을
다시 필사하면서 내용을 되짚어보고 있다.

자신의 글쓰기 스타일에 따라 적절한 장르를 선택하면 된다. 예컨

: 선택적 필사의 힘 :

대 자신의 글쓰기 스타일을 간결한 쪽으로 변화시키고 싶다면 칼럼을 꾸준하게 필사하면서 평소에 의식적인 글쓰기 연습을 하는 것이 좋다. 4장의 칼럼 구조 분석을 참고하여 필사를 하면 실용서의 글쓰기에 바짝 다가설 수 있다. 다만, 책 쓰기가 목적인 독자라면 현학적인 글쓰기보다는 짧고 간결한 글쓰기 방식이 출간에 유리하다는 점을 기억하기 바란다. 책 쓰기는 개인적인 일기가 아니다. 책은 독자들과 공유하는 공공재의 성격을 띠기 때문에 독자 입장에서 잘 읽힐 수 있도록 작가로서의 배려가 필요하다.

자신이 쓴 글이나 책으로 독자들과 원활하게 소통하기 위해서는 독자들의 생각 속을 거닐며 그들의 관심사를 짚어볼 필요가 있다. 작가가 글을 통해 자신의 얘기를 들려주는 일이지만, 독자가 듣고 싶은 얘기를 들려주는 것도 중요하다. 독자의 기대나 요구에 일방적으로 편승하라는 의미는 아니다. 니즈를 파악하고 적절하게 대응하라는 의미다. 독자들의 관심에서 벗어난 글을 쓰고 책을 출간하는 것은 광야에서 홀로 외치는 자의 소리가 될 수 있기 때문이다.

최근에 독자들은 화려한 성공담보다는 자발적으로 실천에 옮겨 자신을 조금씩이라도 변화시킬 수 있는 적용 가능성에 무게를 둔다. 자신의 삶에서 활용할 수 있는 실용성을 그 어느 때보다 중시한다. 뜬구름 잡는 얘기나 내용에는 관심을 두지 않는 독자들의 성향을 간파하고 거기에 맞는 콘셉트 제안이나 매혹적인 문구가 필요하다.

'힐링' 이후에 최근 출판계를 관통하는 핵심 키워드는 '자존감'이다. 장기 불황과 불안이 일상이 되어버린 현실에 자신을 보듬어주고 스스로 자신을 세워가는 독자들의 힘겨운 삶을 응원하는 한 단어! 이런 독자들의 마음을 간파하고 심플라이프라는 1인 기업 출판사가 《자존감 수업》을 들고나와 대히트를 쳤다.

'하루에 하나, 나를 사랑하게 되는 자존감 회복 훈련'이라는 부제에 담긴 책의 콘셉트가 책 제목과 어우러져 독자들의 마음을 사로잡고도 남았다. 정신과 전문의가 복잡한 심리학 용어를 독자들이 이해할 수 있는 언어로 변환하여 일반 독자들의 눈높이에 맞췄다. 자존감을 높이기 위해 부담스러운 정신과 진료나 심리상담센터를 찾아가지 않고도 스스로 자존감을 높일 수 있는 셀프 코칭법을 제시했다. '날마다 자발적으로 하루에 한 가지만 실천해도 자존감을 높일 수 있다'는 사실에 독자들이 열렬하게 반응했다.

자존감과 함께 최근 독자들의 관심은 '혼자 있는 시간'을 어떻게 즐겁고 생산적으로 쓸 수 있는가이다. 그런 맥락에서 《혼자 있는 시간의 힘》 역시 군중 속의 고독을 느끼면서도 자신의 성장을 중시하는 독자들의 마음을 파고든 대표적인 콘셉트다. '혼자일 수 없다면 나아갈 수 없다'라는 콘셉트 문장과 함께 '평범한 대학원생 사이토 다카시를 메이지대 괴짜 교수로 만든 한마디'라는 매혹적인 문구를 책 표지에 배치하고 있다. 기대와 현실이라는 다소 막연한 표현의 간극을 채워 넣어 인생의 전환점을 맞은 저자의 실제 사례를 책 표지에 핵심적인 문구로 표현하고 있다.

: 선택적 필사의 힘 :

혼자 있는 시간을 생산적으로 활용할 수 있는 독자들의 니즈를 잘 반영한 출판계의 또 다른 키워드는 '컬러링 북'이다. 힐링 트렌드를 반영한 구체적인 활동으로 한동안 대유행이었다. 비록 증가 추세는 아니지만 컬러링 북에 대한 수요는 지금도 여전하다. 성인들이 노트에 색칠을 하면서 마음에 평안을 얻고 어린 시절 스케치북에 그림을 그리던 추억에 잠기면서 자신만의 시간을 누릴 수 있다. 군중 속의 고독을 잠시 뒤로 하고 온전히 자신에게 집중할 수 있는 시간을 통해 삶의 의욕을 재충전하는 것이다.

컬러링 북의 대유행 이후에 자기치유에 필력 향상이라는 실용성을 가미한 '필사' 쪽으로 출판 트렌드가 이동했다. 필사가 '손으로 하는 명상'이라는 측면에서 여전히 힐링의 요소를 담고 있다. 현재 출판계의 중심에 있는 필사는 글쓰기 능력 향상이라는 목적보다는 베껴 쓰기를 통한 자기만족, 자기치유 쪽에 가깝다.

필사의 장르에도 유행 비슷한 것이 있었다. 시를 선택함으로써 시를 읽고 필사하면 감수성이 충전되고 자신들도 시를 쓸 수 있을 거라는 환상이 한때 풍선처럼 커지기도 했다. '따라 쓰는 것만으로 사랑이 이루어지는 시의 마법'이라는 광고문구와 함께 인기 드라마의 주인공들이 그 책을 필사하는 PPL을 통해 이른바 대박을 쳤다. 필자도 그 말을 믿고 열심히 필사했지만 끝내 사랑(?)은 이루어지지 않았다. 필자뿐 아니라 많은 사람이 101편의 시를 열심히 필사했지만 결국 자신만의 시를 써낼 수 없었다. 바로 이 지점에서 필자의 고민이 시작되었다. 새로운 화두가 마음속에서 꿈틀거리기 시작했다.

"어떻게 필사하면 평범한 사람들도 한 편의 시를 써낼 수 있을까?"

글에는 작가의 생각이 담겨 있다. 필사가 작가의 생각지도를 제대로 훔쳐내는 과정이 되어야 스스로 시를 쓰는 소기의 목적을 달성할 수 있다. 101편의 유명한 시를 단순하게 필사해서는 자신만의 시를 써낼 수 없다. 그래서 단순하게 베껴 쓰는 차원을 넘어 손에 잡히는 실천적인 방법론으로 '작가의 생각지도 훔치기'가 탄생되었다.

실용문의 글쓰기에서도 다른 작가의 책을 단순하게 베껴 쓰는 필사는 초보 작가들이 문장 감각을 익히는 데는 도움이 된다. 그런데 단순하게 베껴 쓰는 일이 너무 오래 계속되다 보면 다른 작가의 것을 베껴 쓰는 실력만 늘어나는 결과를 가져올 수도 있다.

그래서 문단 단위로 글의 구조를 분석하고 핵심 문장 중심으로 옮겨 쓰면서 요약하는 절차를 제안하여 기존의 단순한 필사 방법과 차별화를 시도하였다. 결정적으로 문단 단위의 글의 구조를 논리나무 형태로 제시함으로써 글에 담긴 작가의 생각 패턴을 한눈에 볼 수 있도록 제시했다. 이를 바탕으로 자신의 생각이나 의견을 가미하여 자신만의 글을 쓸 수 있도록 단계별 방안을 내놓았다.

필자가 기획 과정의 일부를 공개하는 것은 독자들도 자신만의 책을 쓰기 위한 마음의 준비를 하라는 의미다. 지금부터 생각지도의 탐색을 거쳐 자신만의 책을 쓰는 실전적인 과정으로 들어가 보자.

: 선택적 필사의 힘 :

깜짝 놀라게 할
책 제목 건지는 법

생각지도 탐색 여행의 끝에서 책을 쓰기 위해 가장 중요한 일은 차별화된 콘셉트로 눈에 확 띄는 제목을 잡는 것이다. 제목이 반 이상이라고 할 정도로 책 쓰기에서 제목이 차지하는 비중은 크다. 대부분의 독자도 제목과 목차를 보고 책을 구매한다.

제목은 책의 콘셉트와 특징을 잘 드러내면서도 작가의 생각지도인 목차와 논리적인 흐름으로 연결되어 있는 핵심 주제이기도 하다. 훌륭한 제목은 독자들의 고민과 관심사를 파고들어 공감하고 위로하며 용기를 준다. 때로 인생의 교훈을 주며, 강력한 메시지로 독자들의 생각을 크게 바꿔놓기도 한다.

독자들의 마음을 사로잡을 수 있는 책 제목이나 책의 핵심 주제를 찾아내기 위해 제목 옮겨 쓰기를 활용하면 어떨까? 작가의 생각지도를 일목요연하게 보여주는 제목들을 옮겨 적다 보면 자신의 콘셉트에 적합한 주제나 제목들을 건져 올릴 수 있다.

> '행복은 어디에서 오는가'. 어린 시절 '꿈꾸는 다락방'에서 생생하게 꿈꾸고, 성인이 되어 '아침형 인간'으로 살아보고, '20대에 하지 않으면 안될 50가지'를 따르고, '하버드 새벽 4시 반'을 들여다봐도 왜 우리는 행복을 느끼지 못하나.
>
> _〈보그 코리아〉 2016년 3월호

행복이란 주제로 책 제목들을 스토리 형태로 열거하는 방식이다. 글의 흐름을 끌고 가는 스토리의 힘으로 제목들이 한 가지 큰 주제 아래 모이게 된다. 100개의 제목을 무작위로 나열하는 것이 아니라 하나의 큰 주제하에 일관된 흐름으로 잡아가는 방식이다. 기존에 출간된 제목들이 한 가지 큰 주제를 뒷받침하면서 제목들 간에 연관성이 자연스럽게 드러나고 큰 주제에서 비어 있는 부분도 확인할 수 있다.

큰 주제를 중심으로 책 제목들을 옮겨 쓰다 보면 작가들이 책 제목을 어떻게 짓는지 알 수 있다. 또한 제목들 간에 연관성을 살피다 보면 비어 있는 지점을 덤으로 발견할 수 있다. 큰 주제 가운데 비어 있는 틈새 주제를 잡아서 자신의 책 콘셉트나 제목으로 삼을 수 있다.

: 선택적 필사의 힘 :

생각이 바뀌면 행동이 바뀌고, 행동이 바뀌면 습관이 바뀌고, 습관이 바뀌면 운명이 바뀐다는 원리를 중심으로 책 제목을 옮겨 쓰자. 이 원리를 보는 관점과 독자들의 관심사에 따라 포인트가 달라질 수 있다. 생각의 중요성을 강조할 수도 있고, 행동을 강조할 수도 있고, 운명의 중요성에 중점을 둘 수도 있다.

먼저, 관심 있는 키워드를 온라인 서점 검색창에 입력하라. 쭉 올라오는 책 제목들을 적어놓고 인과관계의 흐름으로 자신만의 제목 스토리를 써나가면 된다. 중간중간 흐름이 끊기지 않도록 자신의 간단한 말로 설명을 덧붙여보라.

흐름이 끊기는 부분이 생긴다면 다른 주제의 책 제목을 한두 개 정도 삽입하여 흐름을 연결해가면 된다. 스토리의 완성도에 지나치게 신경 쓰다 보면 스토리를 끝까지 연결하는 것이 부담될 수 있다. 내용의 흐름이 어색하지 않을 정도로만 연결하면 된다.

중요한 포인트는 한 가지 관심 주제 안에서 어떤 부분이 비어 있는지 살펴보면서 자신이 써야 할 책 제목이나 주제를 찾는 것이다. 당장에 자신의 책 제목이나 주제를 찾지 못할 수도 있다. 하지만 제목이나 핵심 주제를 정하는 데 가장 중요한 '중복'의 문제를 피해 갈 수 있다. 이 정도면 한 가지 관심 주제를 중심으로 제목들을 옮겨 쓸 동기로 충분하지 않은가?

예컨대 '운명'이라는 주제로 책 제목 옮겨 쓰기를 시작해보자. 온라인 서점 검색창에 '운명'이라는 단어를 입력한 뒤, 검색되는 책 제목들을 나열하고 느슨한 인과관계의 흐름으로 자신만의 제목 스토리를 써 나가면 된다. 별도의 연습이 필요 없을 정도로 쉽고 재미있는 작업이다. 부담감을 내려놓고 생각나는 대로 적어가면 된다.

사람마다 운명이라는 단어에 대한 가치관과 개념, 감정, 느낌이 다르기 때문에 다양한 스토리가 가능하다. 다시 말해 사람마다 생각 지도가 다르다는 얘기다. 당신은 '운명'에 관해 어떤 콘셉트나 제목의 책을 내고 싶은가? 이 점을 생각하면서 책 제목들을 옮겨 쓰자.

노무현 전 대통령의 자서전 《운명이다》와 문재인 대통령의 《문재인의 운명》을 통해 《운명에서 희망으로》 가는 길이 보인다. 사람의 운명을 결정하는 요소를 알기 위해서는 《나의 운명 사용설명서》를 보는 방법도 있다. 《운명수업》을 듣고 《운명을 뛰어 넘는 길》을 찾기도 한다. 《운명 숫자의 비밀》을 밝혀 《운명을 바꾸는 법》도 있다.

이성적인 사람들은 요행에 기대지 않고 《전략가, 운명을 묻다》라는 책에 더 관심을 가질 수도 있다. 《관상 운명은 타고나는 것인가》라며 의문을 제기한다. 《사는 곳이 운명이다》라는 말에도 의심을 거두지 않는다. 현실적으로 《운명을 바꾸는 10년 통장》을 만들어 《돈보다 운을 벌어라》라는 말을 실천에 옮기기도 한다.

다시금 《무엇이 인생을 바꾸는가》라는 질문을 던져본다. 《사람이 운명이다》라는 깨달음에 이르게 된다. 그 순간 《운명의 바람 소리를 들어라》라는 세미한 음성이 들려온다. 《간절함으로 운명을 이겨라》라는 강력한 메시지가 귓전을 울린다. 그렇게 함으로써《운명을 열다》.

이제 더는《운명 앞에서 주역을 읽다》라는 말은 통하지 않을 수도 있다. 《운명의 인간》이 삶의 중심에 우뚝 서야 한다. 그래야《별거 아닌 운명》도《운명적인 하룻밤》으로 다시 태어날 수 있다. 다시 태어난 인간에게 필요한 것은《사람의 운명을 읽는 휴먼디자인 시스템 센터》다.《사람의 운명을 읽는 휴먼디자인 시스템 센터》의 핵심 가치 중 하나는《이런 여자가 남자의 운명을 바꾼다》라는 말이 포함되어 있을지도 모른다. 남녀가《운명의 고리》로 묶여 있기 때문이다.《영혼들의 운명》이라고도 한다.《결혼은 운명이다》라는 말에 기대어《운명의 날》에《운명 같은 사랑》을 받아들인다.

《운명》에 관한 책 제목들을 옮겨 쓰면서 당신의 운명을 바꾸어줄 만한 책 제목을 만났는가? 아직 만나지 못했다면 그것마저도《운명의 장난》아닐까? 혹시《운명의 장난》이라는 책 제목을 건져 올릴 수 있을까 싶어 검색해보았다. 이미 나와 있었다. 이 무슨《운명의 못된 장난》이란 말인가?

《운명의 못된 장난》에서 벗어날 방법은 결국 없는 걸까?《멈추면 비로소 보이는 것들》이 있다.《내 운명을 바꾼 한 글자》와《운명을 바꾸는 기적의 명언》을 따라 '운명을 바꾸는 독서와 글쓰기의 만남'에 대한 주제로 제목 찾기 여행을 떠나보자.

《글쓰기가 필요하지 않은 인생은 없다: 하루에 하나, 나를 치유하고 단단하게 만드는 글쓰기 테라피》를 만날 수 있다.《만남, 신영복의 말과 글)에서 《언어의 온도, 말과 글에는 나름의 따뜻함과 차가움이 있다》라는 사실을 느낄 수 있다. 《뭉클: 신경림 시인이 가려 뽑은 인간적으로 좋은 글》을 접하고 나면 《카피책: 당신이 쓰는 모든 글이 카피다》라는 제목이 실감나게 다가온다.

때로 《대통령의 글쓰기》와 《유시민의 글쓰기 특강》이 글쓰기에 유익할 수도 있다. 직장인이라면 《회장님의 글쓰기》와 《기자의 글쓰기》가 현실적으로 다가올 수도 있다. 《독서 천재가 된 홍대리: 운명을 바꾸는 책 읽기 프로젝트》와 《세종처럼 읽고 다산처럼 써라: 운명을 바꾸는 글의 마법》을 만나게 된다. 《운명을 바꾸는 기적의 책 쓰기 40》으로 《운명을 바꾸는 7가지 스테이지》로 진입할 수 있다.

이상에서 운명과 글쓰기에 관한 책 제목 옮겨 쓰기를 통해 책 제목들이 인문서의 핵심 주제를 중심으로 어떻게 연결되는지 스토리의 힘을 엿볼 수 있었다. 작가들의 생각지도의 핵심인 제목 짓는 유형도 확인하고, 자신이 쓰고자 하는 책 제목들과 겹치지 않을 만한 준비도 마쳤다. 지금까지 옮겨 쓰기 했던 제목 스토리를 쭉 읽어보면서 일부분을 변형하거나 콘셉트의 본래 의미를 뒤집어서 주목받을 만한 제목이나 핵심 주제가 있는지 살펴보기 바란다.

: 선택적 필사의 힘 :

큰 흐름을 보여주는
목차 작성의 예

    자신의 책을 쓰기 위해서는 다른 사람의 책을 느낄 수 있어야 한다. 책을 읽는 것과 책을 느끼는 건 차이가 있다. 책을 읽는 것은 본문 내용에 집중하여 의미를 파악하는 데 몰입하는 이성적인 독서를 말한다. 책을 느낀다는 것은 목차를 한눈에 훑어보며, "아하, 이러이러한 내용의 책이군!"이라고 한눈에 감을 잡는 것이다. 작가가 되기 위해서는 다른 작가의 목차를 보고 받은 좋은 느낌을 자신도 독자들에게 줄 수 있어야 한다.

  작가의 생각지도에서 중심이 되는 목차에 책 한 권을 이루는 큰 틀과 핵심 내용을 담아서 지나치듯 봐도 책에 대한 좋은 첫인상을 주어야 한다. 독자들이 책을 선택하는 3대 기준이 제목, 목차, 서문이기에 주목받을 만한 목차 작성이 중요하다. 독자들의 관심을 끌 만한 목차를 작성하기 위해서는 다른 작가들의 목차 작성과 관련된 생각지도를 면밀하게 들여다볼필요가 있다.

목차 옮겨 쓰기를 통해 작가가 제목이나 핵심 주제를 중심으로 내용을 어떻게 전개해나가는지 들여다볼 수 있다. 이를 따라가다 보면, 작가의 중심 메시지에 다다를 수 있다. 지금부터 목차 옮겨 쓰기를 통해 작가들의 생각지도를 되짚어보자. 다른 작가의 생각지도를 읽어낼 수 있어야 자신의 생각지도를 따라 목차를 구성할 수 있다.

먼저 중심 뼈대에 해당하는 장 제목을 필사하면서 생각의 큰 흐름을 잡아가면 된다. '운명을 바꾸는 글의 마법'이라는 부제의《세종처럼 읽고 다산처럼 써라》의 목차로 시작한다.

보통 책들이 4~5장 형식을 갖추고 있지만《세종처럼 읽고 다산처럼 써라》는 1부에서 4부로 나누고 12장의 형태를 갖추고 있다. 독서와 책 쓰기를 아우르는 콘셉트의 책이다. 100권의 책을 읽고 핵심 7퍼센트를 뽑아서 한 권의 책을 쓰는《아웃풋 독서법》콘셉트와 유사하다.

두 책의 목차를 비교하며 필사하면서 작가들의 생각 패턴을 추적해보자. 먼저《세종처럼 읽고 다산처럼 써라》의 목차를 적어보면서 책의 제목과 연결하여 내용의 흐름을 느껴보기 바란다.

: 선택적 필사의 힘 :

우선 장 제목을 옮겨 쓰면서 살펴야 할 일은 제목과의 연계성이다.《세종처럼 읽고 다산처럼 써라》라는 제목과 직접 연결되는 장은 '2부 창조성을 키우는 세종식 독서'라는 부분이다. 다음으로 '4부 내 브랜드를 키우는 최고의 도구, 책 쓰기' 부분의 '10장 다산처럼 글쓰기'다.

독자들의 관심을 끌어당기기 위해 역사의 유명 인물인 두 사람의 이름을 의도적으로 사용하여 '세종처럼 읽고 다산처럼 써라'로 제목을 선택했음을 알 수 있다. 장 제목을 옮겨 쓰면서 장 제목들 간에 흐름이 매끄러운지도 살펴봐야 한다.

1부는 글로 운명을 바꿀 수 있다는 말로 독자들의 관심과 호기심을 불러일으킨다.

2부, 3부는 독서의 구체적인 실행 방안과 글쓰기의 의의와 필요성을 제기한다.

4부는 책 쓰기로 브랜드를 키우는 방법론으로 다산의 글쓰기를 제시하고 마무리한다.

이를 다른 방식으로도 요약할 수 있다. 1부에서는 독자들에게 동기를 부여하고, 2부와 3부는 실행 방안을 구체적으로 제시하고 있다. 4부에서는 1부에서 이슈로 제기한 운명을 바꾸는 글쓰기의 대안으로 책 쓰기를 통한 퍼스널 브랜딩으로 마무리하는 구조다.

작가의 생각지도를 반영한 장 제목들이 전체적으로 서론-본론-결론의 구조와 흐름을 가지고 있음을 알 수 있다. 눈으로 보고 지나치면 책의 구조와 흐름을 제대로 들여다볼 수 없다. 목차 옮겨 쓰기를 통해서 얻을 수 있는 유익은 작가의 중심 생각이 담긴 책의 뼈대를 마치 엑스레이를 찍듯이 제대로 볼 수 있다는 점이다.

다음 단계로 장 제목을 중심으로 다른 책《아웃풋 독서법》과의 비교를 통해 독서와 책 쓰기의 요소 중에서 공통으로 다루는 부분과 빠진 부분은 없는지 살펴보면 된다. 이를 통해 인문 분야의 관심 주제인 독서와 글쓰기(책 쓰기)의 핵심 요소들을 제대로 파악할 수 있다.

두 책의 핵심인 목차 간에 공통점과 차이점을 발견하는 비교 필사를 해보자. 책의 중심 내용인 목차들이 순서와 표현 방식이 다를 뿐 서로 맞물려 있다는 사실을 확인할 수 있다.

《세종처럼 읽고 다산처럼 써라》의 '1부 좋은 글은 당신의 운명을 바꾼다'는 책의 도입부 역할을 하고 있다. '1부 아웃풋 독서법으로 독서 자존을 세워라' 부분도 책을 읽고 핵심을 추출하여 자신만의 책을 쓰라는 동기 부여 부분으로 서로 비슷하게 도입 기능을 하고 있다.

《세종처럼 읽고 다산처럼 써라》의 '2부 창조성을 키우는 세종식 독서'와 3부 '절대 고독, 당신은 다산만큼 고독한가' 부분은《아웃풋 독서법》의 1장, 2장의 독서법 부분과 서로 내용이 다른 독서법으로 차별화를 하고 있다. 독서 후에 글쓰기를 권장하는 부분은 두 책이 서로 책 쓰기를 추구한다는 점에서 맞닿아 있다.

《아웃풋 독서법》의 1장, 2장은 독서법이고 3장은 독서 후 책 쓰기를 위한 제안 부분이다.

　1장 책과 멀어지게 만드는 고정 관념
　2장 책을 고를 때 혹하지 않으려면
　3장 7퍼센트 핵심을 훔쳐 나에게 필요한 지식으로 창조하라

　《세종처럼 읽고 다산처럼 써라》의 '4부 내 브랜드를 키우는 최고의 도구, 책 쓰기' 부분은《아웃풋 독서법》의 '2부 책 쓰기로 이어지지 않는 책 읽기는 반쪽짜리 독서다' 부분과 비슷한 맥락으로 다산의 글쓰기 방법론을 제시하고 있다. 차이점이라면《아웃풋 독서법》은 가상의 사례를 들어 책 쓰기의 구체적인 방법론을 제시하고 있다는 점이다.
　《아웃풋 독서법》의 4장, 5장은 독서 후 책 쓰기의 구체적인 방법론을 담고 있다.

　4장 책 쓰기 근육을 키워줄 기초 트레이닝
　5장 작가의 꿈을 이뤄줄 책 쓰기 실전 시크릿

　목차 비교 필사를 통해 책의 뼈대인 목차가 표현만 다를 뿐 전체적인 전개 방식과 서술 구조에서 서로 맞닿아 있음을 확인할 수 있다. 독서와 책 쓰기에 대한 수백 권의 책이 나올 수 있는 이유는 작가의

: 선택적 필사의 힘 :

중심 생각을 반영한 목차를 저마다 새롭게 구성할 수 있기 때문이다. 비교 필사를 통해 작가의 생각 패턴이 반영된 목차의 구조에 익숙해지면, 독자들도 목차의 재구성을 통해 자신만의 책을 쓸 수 있다.

목차 만들기를 도와주는
비교 필사

● 앞에서 두 가지 책의 목차 비교 필사를 통해 인문 분야의 핵심 주제가 표현 방식만 다를 뿐 목차 간에 서로 연관성이 있음을 확인했다. 결국 작가의 강조 포인트에 따라 핵심 주제를 중심으로 장 제목과 세부 목차들이 재배치되고 정렬된다는 점을 알 수 있다. 독자들도 핵심 주제가 정해지면 목차의 재배치를 통해 자신만의 책을 쓸 수 있다.

지금부터 가상의 제목을 중심으로 기존 작가들의 목차를 참조하여 자신만의 생각지도를 만들어보자. 책 쓰기 전문코치나 글쓰기 강사의 도움 없이도 독자 스스로 목차를 만들어볼 수 있도록 구성하였다.

: 선택적 필사의 힘 :

우선 가상의 제목을 '운명을 바꾸는 글쓰기 100일 게임'으로 정하고 시작하자. 앞 내용과의 연계성을 위해 제목에 '운명'이라는 단어와 '글쓰기'라는 핵심 키워드를 활용하고자 한다. 핵심 주제는 '글쓰기'다. 《아침 글쓰기의 힘》과 비교하여 가상 제목의 목차를 만들어가는 실습을 해보자.

두 책 사이에 중요한 차이점은 100일이라는 목표 기간을 설정하고, 함께 세워가는 공동 프로젝트라는 점이다. 개인별로 습관을 만들어가되 서로 격려하며 글쓰기 습관을 형성해나가는 콘셉트다. '운명을 바꾸는 글쓰기 100일 게임'은 이 책이 출간되는 시점에 필자가 참여하게 될 실제 프로젝트다. 제목은 가상이지만 책의 핵심 내용은 개연성이 높다는 점을 밝혀둔다.

1단계에서는 '글쓰기'와 관련된 기존 작가의 작품들을 검색하는 작업이 필요하다. 네이버나 온라인 서점 검색창에 '글쓰기'를 입력하고, 검색되는 책들의 목차를 살펴 옮겨 쓰거나 복사해서 그 흐름을 살펴보면 된다.

우선 《아침 글쓰기의 힘》의 장 제목을 적어보면서 흐름이 자연스러운지 살펴보자. 한 권의 책이 보통 5장으로 구성되는 경우가 많으나 4장이든 6장이든 장 제목 간에 흐름이 자연스러우면 무방하다. 《아침 글쓰기의 힘》은 장 제목들이 책 제목을 뒷받침하며 자연스럽게 흘러가고 있음을 느낄 수 있다.

《아침 글쓰기의 힘》

Part 1 왜 아침 글쓰기인가

Part 2 아침을 바꾸면 글쓰기가 시작된다

Part 3 아침 글쓰기 습관 만들기

Part 4 글쓰기의 창조력을 키우기 위해 필요한 것들

Part 5 나만의 글쓰기에서 소통하는 글쓰기로

Part 6 아침 글쓰기의 힘으로 작가가 되다

2단계로 작가의 생각지도가 반영된 목차를 빌려서 '운명을 바꾸는 글쓰기 100일 게임'의 예비 목차를 작성해보면 아래와 같다. 장 제목의 구조나 흐름을 유지하면서 새로운 제목의 콘셉트에 맞게 바꿔 쓰기나 고쳐 쓰기를 시도해보자.

'운명을 바꾸는 글쓰기 100일 게임'

Part 1 왜 운명을 바꾸는 글쓰기인가

Part 2 생각지도를 바꾸면 글쓰기가 시작된다

Part 3 글쓰기 100일 습관 만들기

Part 4 100일 글쓰기 축적으로 창조력을 키우기

Part 5 나 홀로 글쓰기에서 함께하는 글쓰기로

Part 6 글쓰기 100일 게임으로 작가가 되다

: 선택적 필사의 힘 :

《아침 글쓰기의 힘》의 목차는 이미 출판 기획자나 독자들의 호응을 통해 검증을 거친 작가의 생각지도다. 책 제목을 뒷받침하는 장 제목들은 생각지도의 중심이며, 핵심 중의 핵심이다. 이후 장 제목을 뒷받침하는 세부 목차(꼭지)를 구성해나가면 된다.

장 제목에 연결되는 세부 목차(꼭지)는 중간에 본문 집필을 하면서도 조금씩 바뀔 수 있지만, 장 제목을 바꾸면 책 전체의 큰 틀이 흔들리게 된다. 그만큼 작가의 생각지도에서 목차가 차지하는 비중이 크다. 목차의 장 제목은 집을 지을 때 네 개의 기둥과 주춧돌의 역할을 할 만큼 중요하다.

장 제목에 대한 윤곽이 잡히면 장 제목을 뒷받침하는 세부 목차(꼭지)를 차례대로 구성해나가면 된다. 두 책 사이에 차이를 보이는 Part 2를 사례로 들어 생각지도를 탐색해보자.

《아침 글쓰기의 힘》

Part 2 아침을 바꾸면 글쓰기가 시작된다

2-1 더 일찍 일어나는 아침보다 잘 일어나는 아침

　　　– 인생 글쓰기를 바꾸는 아침

　　　– 누구나 미라클 모닝을 시작할 수 있다

　　　– 5분 안에 일어나야 시작되는 하루

2-2 아침 글쓰기를 위한 여섯 가지 습관

　　　– 아침 시간에 무엇을 할까?

- 침묵한다 / 확신의 말을 한다 / 시각화한다

운동한다 / 독서한다 / 기록한다

아침 시간을 바꾼 후에 글쓰기를 시작하도록 동기를 부여하고 기상하는 방법과 효과적인 글쓰기를 위한 구체적인 생활 습관들을 제시하고 있다. 세부 목차(꼭지)의 제목들을 살펴보면 글쓰기 자체보다 사전 준비 과정 중심의 내용으로 구성되어 있음을 확인할 수 있다.

이와 비슷한 맥락으로 '운명을 바꾸는 글쓰기 100일 게임'의 Part 2에서도 본격적인 글쓰기를 위한 생각지도의 변화 중심으로 세부 목차(꼭지)를 구성하면 된다.

'운명을 바꾸는 글쓰기 100일 게임'

Part 2 생각지도를 바꾸면 글쓰기가 시작된다

2-1 기존 작가들보다 잘 생각하는 방법

　　－ 인생 글쓰기를 바꾸는 생각지도

　　－ 누구나 생각지도를 바꿀 수 있다

　　－ 5분 안에 생각변환 램프로 시작하는 하루

2-2 생각지도를 바꾸기 위한 30분 습관

　　－ 생각지도를 바꾸기 전에 무엇을 할까?

　　－ 독서한다 / 울림을 주면 멈춘다 / 필사한다

　　소리 내어 읽는다 / 느낌을 적는다 / 공유한다

지금까지 《아침 글쓰기의 힘》의 생각지도를 빌려서 '운명을 바꾸는 글쓰기 100일 게임'의 생각지도를 만들어보았다. 새롭게 작성한 생각지도의 짜임새가 있는지 목차 스토리를 써보자. 장 제목에 밑줄 친 핵심 단어를 하나의 스토리로 느슨하게 연결하는 기분으로 써나가면 된다. 인과관계의 흐름 정도만 의식하고 자연스럽게 글을 써나가면서 장 제목의 흐름을 느껴보라.

운명을 바꾸는 글쓰기는 생각지도를 바꾸는 순간 시작된다. 글쓰기가 습관으로 자리 잡는 데는 100일이 걸린다. 100일의 글쓰기 시간이 쌓여서 창조성이 발휘될 것이다. 나 혼자가 아니라 함께하는 글쓰기 100일 글쓰기 게임에서 승리하면 비로소 작가가 될 수 있다.

《아침 글쓰기의 힘》의 생각지도가 탄탄하고 짜임새가 있어 '운명을 바꾸는 글쓰기 100일 게임'의 생각지도도 그에 버금가는 흐름과 스토리의 힘을 보여준다. 작가의 생각지도를 빌려서 자신만의 생각지도를 그리는 시도를 자꾸 하다 보면 작가들의 도움 없이도 자신만의 힘으로 생각지도를 그려 책을 써낼 수 있게 된다.

눈길 사로잡는
서문 작성의 기술

• 《아웃풋 독서법》을 집필하면서 필사에 관한 글을 쓴 경험이 있다. 필사 대상을 책의 본문이 아닌 서문으로 정했다. 필사도 단순히 서문을 베껴 쓴 방식이 아니었다. 서문의 전체적인 틀은 유지하되, 내용 중 핵심 단어를 주제에 맞게 교체하고 일부는 필자의 생각을 덧붙여 고쳐 쓰기를 하였다.

바꿔 쓰기를 어느 정도 문단의 틀이 갖추어진 상태에서 부분 교체하는 개인적인 연습으로 활용하면 무방하다. 다만, 계속해서 다른 작가의 틀에 맞춰 단어나 문장을 교체하는 수준에 머물러 있어서는 곤란하다. 자신의 고유한 문체나 글쓰기 스타일이 자리 잡을 수 있도록 자유로운 글쓰기를 병행해야 의미가 있다.

: 선택적 필사의 힘 :

책의 본문을 필사하면 전체적인 흐름이 잡히고, 손과 두뇌의 협력 작업을 통해 이해력이 향상된다. 한편, 제한된 시간 내에 새롭게 읽어야 하는 책의 핵심을 온전히 흡수하기 위해서는 서문 필사가 효과적이다. 서문에 담긴 핵심 내용 중심으로 베껴 쓰기를 하다 보면 작가의 숨겨진 의도와 본문의 핵심 내용을 엿볼 수 있다.

서문의 중요성을 제대로 인식하고 아래와 같이 서문 속의 핵심 내용을 염두에 두고 베껴 쓰기를 하면 서문 필사의 효과가 배가된다.

1. 작가가 책을 쓴 이유와 목적(집필 의도)

2. 경쟁 도서에 없는 이 책만의 장점과 특징

3. 새로운 정보나 지식, 공신력 있는 생생한 사례에 대한 암시

독자들도 서문의 내용을 살펴보고 작가의 집필 의도와 그 책에서 얻을 수 있는 이점을 고려하여 책을 선택한다. 독자들이 서문을 보고 책을 선택하기 때문에 출판사들도 작가의 서문에 공을 들인다. 서문은 초보 작가들이 출판사에 투고할 때도 무척 중요하다.

서문 검토를 통해 초보 작가의 집필 방향과 문체, 필력을 가늠하는 기준으로 삼는다. 몇백만 원의 수강료를 받고 책 쓰기 과정을 진행하는 모 기관에서는 경쟁 도서의 서문을 필사하는 수업을 정규 커리큘럼에 포함시켜 운영하고 있을 정도다.

궁극적으로 자신의 이름으로 책을 출간하려는 계획이나 목표가

있는 독자에게는 서문 필사가 필수적이라 하겠다. 서문 필사의 이점은 다음과 같이 크게 세 가지로 정리할 수 있다.

1. 집필하고자 하는 주제와 핵심 메시지, 중심 생각을 정리하기
2. 필사 전용 모델인 유수 경쟁 도서와 차별화 포인트 찾기
3. 서문에 미리 감사 인사를 통해 집필 동기를 강화하기

서문을 필사하면서 고려해야 할 점은 앞에서 제시한 서문의 핵심 요소 세 가지가 있는지 확인하면서 옮겨 써야 한다는 점이다. 그래야 나중에 자신의 서문을 작성할 때도 세 가지 요소를 빠트리지 않고 제대로 작성할 수 있다. '운명을 바꾸는 글쓰기 100일 게임'으로 서문 작성 사례를 제시한다.

■ 서문 작성 사례

1. 제목: 운명을 바꾸는 글쓰기 100일 게임

2. 목차

Part 1 왜 운명을 바꾸는 글쓰기인가

Part 2 생각지도를 바꾸면 글쓰기가 시작된다

Part 3 글쓰기 100일 습관 만들기

: 선택적 필사의 힘 :

Part 4 100일 글쓰기 축적으로 창조력을 키우기

Part 5 나 홀로 글쓰기에서 함께하는 글쓰기로

Part 6 글쓰기 100일 게임으로 작가가 되다

3. 핵심 내용

운명을 바꾸는 글쓰기는 생각지도를 바꾸는 순간 시작된다. 글쓰기가 습관으로 자리 잡는 데는 100일이 걸린다. 100일의 글쓰기 시간이 쌓여서 창조성이 발휘될 것이다. 나 혼자가 아니라 함께하는 글쓰기 100일 글쓰기 게임에서 승리하면 비로소 작가가 될 수 있다.

이상의 내용을 바탕으로 '운명을 바꾸는 글쓰기 100일 게임'의 서문을 작성하면 된다. 앞서 언급한 서문의 구성 요소별로 간단하게 개요를 작성해보자.

① 서문의 개요 작성 사례

1. 작가가 책을 쓴 이유와 목적(집필 의도)
   • 운명을 바꾸기 위한 글쓰기 방법론 제시
2. 경쟁 도서에 없는 이 책만의 장점과 특징
   • 글쓰기 이전에 생각지도(생각 패턴)를 바꾸는 방법 제시
   • 글쓰기 100일 습관 형성의 과정 제시

3. 새로운 정보나 지식, 공신력 있는 생생한 사례에 대한 암시

- 100일 글쓰기 역량을 축적하여 창조력을 발휘한 사례
- 함께하는 글쓰기 방법론의 이점과 적용 사례

미리 작성한 서문의 개요를 중심 뼈대로 하고 전달하고 싶은 중심 내용을 암시적으로 전달함으로써 독자들의 호기심을 불러일으키면 된다. 독자들이 책을 구매할 때 세 가지 고려 요소가 제목, 목차, 서문이다. 특히 제목, 목차는 독자들이 직관적이고 감각적으로 책을 구매하는 요소다. 그리고 서문은 책의 콘텐츠에 대한 독자들의 이성적인 판단 요소가 작용하는 부분이다. 더 많은 독자가 자신의 책을 읽을 수 있도록 하는 결정적인 부분이다.

② 서문 작성 예시

나는 일하면서 글을 쓰는 남자이다.

커피숍 창가에 앉아 노트북 자판을 치며 글을 쓰고 있는 사람들을 보고 있노라면 '아! 나도 직장 그만두고 저 사람처럼 한가로이 살고 싶다'라고 생각한 때가 있을 것이다. 하지만 이러한 생각은 물 위에 떠 있는 우아한 백조의 단편적 모습이었다는 것을 알게 될 것이다. 아름다운 자태를 뽐내는 백조의 발은 실상 끊임없이 움직이며 진땀 흘리고 있다는 것을 잊지 말아야 할 것이다.

겸업 작가의 현실이다. 전업 작가가 아니기에 글쓰기에 대한 두려움과 부담감을 늘 갖고 살아간다.

먼저 글쓰기에 대한 두려움을 극복해야 했다. 매주 주말에 서점에 갈 때마다 글쓰기와 책 쓰기에 대한 책들을 사서 책에서 시키는 대로 따라했다. 하지만 글쓰기 실력은 늘 그렇듯이 제자리걸음이었다. 글쓰기에 대한 두려움 외에 회사에서도 전업 작가의 삶을 살 수 있도록 배려하겠다는 신호를 보내왔다.

때로 막다른 골목에 서면 없던 용기가 생겨나기도 한다. 전업 작가의 삶으로 생계를 유지하기 위해서 필력을 한껏 끌어올리기로 작정했다. 마음의 끈을 부여잡고 필사적으로 필사에 매달렸다. 어느 정도 글쓰기 실력이 올라가는가 싶더니 다시 제자리걸음을 걷고 있었다.

운명처럼 다가온 '필사할 시간에 글을 해체하라'라는 한마디가 글쓰기로 가는 길을 보여주었다. 출처를 숨기고 싶을 만큼 소중한 보물이다. 이후 100일 동안 매일 칼럼의 구조를 분석하고 각 문단이 무엇을 전달하고자 하는지 연구했다. 문단 안에서 각각의 문장들이 어떻게 자연스럽게 연결되는지 집중적으로 파고들었다.

문단의 구조 속에 담긴 작가의 생각지도를 훔쳐내는 일에 재미가 붙었다. 사람들을 모아 스터디를 하면서 문단 구조 분석의 묘미와 글쓰기 효과에 확신을 갖게 되었다. 이후 작가의 생각지도를 훔치는 100일 과정을 열어 본격적으로 글쓰기를 가르쳤다. 처음에는 생소한 방법이라 힘들어하는 이들도 있었다. 100일을 무사히 완수한 사람들은 눈에 띄게 필력이 향상됨을 확인할 수 있었다. 그중에 자신의 이름으로 책을 내고 감사의 선물을 보내오는 이들도 있었다.

막연한 글쓰기를 위한 글쓰기 책이 아니라 그동안 현장에서 수강생들을 가르친 그대로를 책에 담았다. 글쓰기의 원칙을 넘어 손에 잡히는 글쓰기 솔루션을 선물하고자 하는 마음으로 내 분신을 세상에 내어놓는다. 독자들이 손을 내밀어 내 분신의 부족한 부분을 채워주기를 소망한다.

생각의 약도를 따라
본문 써나가기

●   "생각을 정리해야 글을 쓸 수 있는 걸까, 글을 쓰다 보면 생각이 정리되는 걸까?"

닭이 먼저냐, 달걀이 먼저냐 하는 것만큼 답하기 어려운 질문이다. 보통은 생각이 말끔히 정리된 후에야 글을 쓸 수 있다고들 한다. 한편 실제로 날마다 글을 쓰고 책을 쓴 사람들 중에는 글을 쓰면서 오히려 생각이 깔끔하게 정리되고 글감으로 쓸 수 있는 아이디어도 떠오른다고 말한다.

앞 꼭지에서 자신의 생각지도를 따라 작성한 '운명을 바꾸는 글쓰기 100일 게임' Part 2의 소주제인 '생각지도를 바꾸기 전에 무엇을 할까?'라는 세부 목차와 연관된 내용으로 본문 쓰기를 실습해보자.

소주제와 연관된 유명 저자의 실용문 샘플을 역으로 분해하여 글쓰기 실습을 진행한다.

'운명을 바꾸는 글쓰기 100일 게임'

Part 2 생각지도를 바꾸면 글쓰기가 시작된다

2-2 생각지도를 바꾸기 위한 30분 습관

   – 생각지도를 바꾸기 전에 무엇을 할까?

   – 독서한다 / 울림을 주면 멈춘다 / 필사한다

   소리 내어 읽는다 / 느낌을 적는다 / 공유한다

'생각지도를 바꾸기 전에 무엇을 할까?'라는 의문형 형태의 소주제는 이미 글을 쓸 사람이 방법론을 알고 있다는 말이다. 목차를 작성할 때 질문 형태로 독자의 호기심을 유발하기 위해서 의문형으로 고쳐서 표현한 것이다. 생각지도를 바꾸기 위한 창의적인 독서 3단계가 해당 세부 목차의 중심 내용이다.

실제로 글쓰기를 시작하는 순간 주제가 바로 떠오르거나 명확한 문장으로 쓸 수 없는 경우도 있다. 어떤 내용으로 써야 할지 수도 없이 고민하다가 그중 하나를 골라서 결정하게 된다. 글로 써야 할 본문 내용의 일부는 떠오르는데 주제가 모호할 수도 있다. 서론의 내용은 잡히는데 결론을 어떻게 내려야 할지 헷갈릴 수도 있다. 그 와중에 자신이 쓰고자 하는 핵심 주장을 건져 올려야 한다. 핵심 주장

             : 선택적 필사의 힘 :

을 염두에 두고 글의 얼개를 만들어야 한다.

■ **생각지도를 바꾸기 위한 창의적 독서 3단계**

① 생각의 약도 그리기

작가들이 자신의 생각지도를 바탕으로 글을 쓰는데, 그보다 간단한 생각의 약도를 그린다고 이해하면 된다. 키워드들을 노트에 생각나는 대로 메모하는 형식이다.

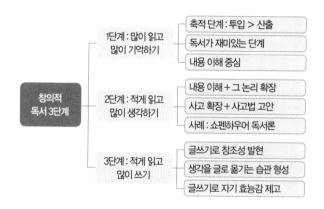

② 글의 개요 작성하기

글의 개요로 자신이 쓰고자 하는 글의 구성을 한눈에 알아볼 수 있다. 글의 개요를 작성하는 방식은 독자의 취향에 따라 필요한 양식을 활용하면 된다. 핵심 주장을 뒷받침하는 문단의 주장과 근거를 제시하는 흐름으로 작성하면 흐름이 좋은 글을 써낼 수 있다.

주제(결론)			책 읽기 단계 파악으로 창의적이고 생산적인 사람으로 변화하라.
본론	첫째	주장	많이 읽고 많이 기억하라.
		근거	축적이 부족하면 산출이 어렵다.
	둘째	주장	적게 읽고 많이 생각하라.
		근거	거듭 생각하면 자신만의 사고법을 개발할 수 있다(인용: 쇼펜하우어 독서론).
	셋째	주장	적게 읽고 많이 써라.
		근거	글쓰기를 습관화하면 두뇌 가자극되어 창의력이 제고된다.
서론	관심 끌기		태권도와 마찬가지로 독서에도 단계가 있다.
	이슈 제기		독서 단계를 모르면 책 읽기 자체의 함정에 빠질 수 있다.

글의 개요를 작성했다면, 이를 참고해서 글을 써나가면 된다. 쓰는 와중에 생각의 약도와 다르게 쓸 수도 있다. 쓰다 보면 글의 개요를 잘못 작성했다는 사실을 나중에 알게 되는 경우도 있다. 그럼에도 사전에 개요를 적어봐야 전체 흐름과 구조를 파악하여 본문을 제대로 집필할 수 있다.

③ 꼭지 작성 사례

글의 개요에서 작성한 주장과 근거를 뼈대로 놓고 살을 붙여가듯 글을 써나가면 된다. 본론에서 자신의 주장을 뒷받침할 만한 근거나 사례를 인용하면 현장감이 살아나고 자신의 주장이 견고해지는 효과를 얻을 수 있다.

: 선택적 필사의 힘 :

- 제목: (생각지도를 바꾸기 위한) 창의적 책 읽기 3단계
- 부제: 많이 읽고 많이 써라

ⓐ 서론: 관심 끌기와 이슈 제기

태권도를 배울 때도 단계가 있듯이 책 읽기에도 단계가 있다. 물론 한 권의 책을 읽는 짧은 시간 속의 단계를 말하는 것이 아니라, 몇 년 또는 몇십 년 동안 수많은 책을 읽어가면서 겪는 단계를 말하는 것이다.

ⓑ 본론 1: 첫 번째 주장

첫 번째 단계는 많이 읽고 많이 기억하려는 단계이다. 이 단계를 투입과 산출의 비율로 이야기하자면 산출보다는 투입이 월등한 비율을 차지하는 기간이라고 볼 수 있다. 많이 느끼고 배우려면 일단은 뭔가 투입하는 것이 많아야 한다. 많이 읽어야 느끼고 배울 수 있다.

하지만 이 단계에서는 이상하게도 많이 읽고 느끼려고 할 뿐 몇 년이 지나도 잊히지 않을 만큼 머릿속에 각인되는 것들은 별로 없는 것처럼 느껴진다. 축적된 것이 워낙 부족하기 때문이다. 단지 많이 읽고 느끼는 것이 '재미' 있는 단계이다. 어느 책

을 보다가 '어? 이 내용이 다른 책에도 있었는데…'라고 기억을 더듬어볼 수 있는 정도가 이 단계에 해당한다.

ⓒ 본론 2: 두 번째 주장

<u>두 번째 단계는 적게 읽고 많이 생각하는 단계이다.</u> 첫 번째 단계에서 많이 읽고 느끼며 기억했던 것이 누적되었다면 이제는 첫 단계보다는 적게 읽고 많이 생각해야 한다. 첫 번째 단계가 책의 내용을 이해하기 위해 고민하는 단계라면 두 번째 단계에서는 내용을 이해하고 그 논리를 확장하려는 노력이 필요하다. 이때는 많이 읽는 것이 도움이 되지 않는 경우가 많다. 자칫 읽기의 매력에 빠져 스스로 생각하는 것을 게을리하려는 오류에 빠질 수 있기 때문이다. 적게 읽고 많이 생각함으로써 내용을 정확히 이해할 수 있고 머릿속에서 첫 번째 단계에서 익힌 것들을 조합하여 새롭게 연결되는 내용들을 구상할 수도 있을 것이다.

ⓓ 두 번째 주장의 근거(사례)

<u>생각하고 또 생각하고 사고를 확장하여 스스로 생각하는 방법들을 만들어내는 경험을 아는 것이 중요하다.</u> 이 단계에서는

200

쇼펜하우어의 다음 말을 기억할 필요가 있다. "독서는 자기의 사상의 원칙이 메말랐을 때만 하라. 사상의 메마름은 가장 지혜로운 사람들에게도 종종 일어나는 현상이다. 그러나 아직 확고하지 못한 자기 사상을 무익한 책 때문에 놓쳐버리는 경우도 있다. 그것은 정신에 죄를 범하는 것과 같다." 현명한 독자라면 당연히 이 말이 책을 많이 읽지 말라는 의미가 아님을 알 것이다.

ⓔ 본론 3: 세 번째 주장

세 번째 단계는 적게 읽고 많이 쓰는 단계이다. 글쓰기는 자체가 창조성을 내포하고 있다. 우리는 글을 쓰면서 지금까지 머릿속에 있던 내용들을 정리하고 새로운 분야로 확대 적용하려는 시도를 하게 된다. 글쓰기는 우리의 두뇌를 자극하여 읽은 것과 생각하고 있는 것을 어떻게 표출해낼 것인지를 고민하도록 한다. 그 과정을 통해 우리는 사고를 확장하고 지금의 것과는 다른 완전히 새로운 것들을 만들어낼 수 있게 된다. 이 단계에서는 글쓰기가 생활화되어야 한다.

따라서 자신의 생각을 글로 옮기는 습관을 들일 필요가 있다. 생각하는 것보다는 글을 쓰는 것이 보다 창의적인 두뇌 활동을 자극한다. 게다가 글쓰기는 생각과는 달리 종이 위에 생각의 흔적이 남는다. 이 흔적이야말로 우리의 책 읽기 결과물이라고 보아도 무방하다.

워드 프로세서가 생활화된 현실은 이 단계의 시간을 줄여주고 능률성을 극대화하는 역할을 할 것이다. 수첩을 적극적으로 활용하는 것도 좋은 방법이다. 이렇게 작성한 한 편의 글은 무한한 자긍심을 심어주고 세상을 자신의 눈으로 보고 생각하고 판단할 수 있는 효능감을 가져다줄 수 있다.

⑥ 결론: 주제문

책을 읽는 사람들은 자신이 어느 단계에 해당하는지를 고민해 보아야 한다. 그래야 책 읽기 자체가 주는 함정에서 빠져나올 수 있고 보다 창의적이고 생산적으로 자신을 바꿀 수 있다.

_ 안상헌, 《생산적 책 읽기 50》

: 선택적 필사의 힘 :

에필로그에는
무엇을 담을까?

에필로그는 시나 소설 등의 마지막 말이라 정의할 수 있다. 연극에서는 극이 끝나가는 시점에 추가한 마지막 대사나 더해진 마지막 장면을 가리키는 말이다. 본문이 저자가 독자들에게 보내는 편지라면, 에필로그는 편지의 추신에 해당한다고 볼 수 있다. 책이라는 자신의 분신을 독자들에게 선보이기까지의 과정과 감회를 에필로그에 담는다.

또 다른 방식은 본문에서 하지 못한 이야기를 부가적으로 할 수도 있다. 본문에서 강조하고 싶은 내용을 되짚어주기도 한다. 서문이 어느 정도 구조나 유형을 가지고 있는 반면에 에필로그는 작가에 따라 천차만별이다.

《글쓰기는 스타일이다》의 장석주 작가 에필로그가 유려한 필치로 인상적이다. 그중 일부를 소개하고 필사하는 방식이 현명한 일이라는 생각이 든다. 마치 영화의 한 장면을 연상시키는 감성적인 에필로그다.

> 에게 해에서 부는 거센 해풍을 맞으며 크레타의 한 언덕에 있는 《그리스인 조르바》의 작가 무덤 앞에 무릎을 꿇었다. (…) 저 유명한 니코스 카잔차키스의 묘비명을 더듬어 읽으며 (…) 20대 중반 그의 자서전을 만난 순간부터 내 글쓰기의 스승이다. (…). 글쓰기와 인생에 대해서 어디서도 배울 수 없는 것들을 배웠다.
>
> _장석주,《글쓰기는 스타일이다》

30년 문장 노동자임을 자처하는 장석주 선생은 에필로그에서 20대 때 자신을 작가의 세계로 초대한 카잔차키스의 선한 영향력을 추모하고 있다. 세상의 작가들이 모두 고마운 스승이라는 감동적인 고백을 한다. 다분히 감성적인 필치로 자신이 글쓰기 작가로서 책을 쓰면서 느꼈던 소회들을 풀어놓고 있다.

지금까지 필사를 통해 독자의 생각이 커지고 글쓰기에 대한 통찰력을 갖게 해준 작가들에게 감사하는 마음으로 다시 한 번 필사해보기 바란다.

: 선택적 필사의 힘 :

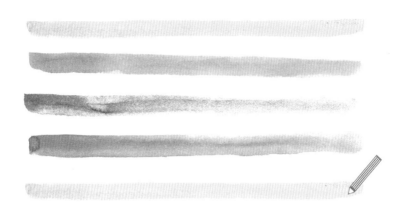

저 유명한 니코스 카잔차키스의 묘비명을 더듬어 읽으며 (…)
20대 중반 그의 자서전을 만난 순간부터 내 글쓰기의 스승이다.

에필로그는 한 권의 책을 쓰고 난 후에 자신의 소회를 밝히는 곳이
다 보니 감성적인 내용이 대부분이다. 다음은 국내 최초로 문학 작
품을 필사 책으로 기획 출간한 김새봄 대표가 쓴 《필사적인 글쓰기》
의 에필로그 일부를 나누고 싶다. 글쓰기를 향한 간절한 마음 자세
를 강조한 에필로그다.

필사적인 글쓰기는 (…) 단순히 글쓰기에 대한 방법론이 아니라, 절실함에 대한 깨우침이 되게 하고 싶었다. (…) 미친 듯이 읽고 미친 듯이 쓰고 미친 듯이 미치면 된다.

_김새봄,《필사적인 글쓰기》

다음은《글쓰기, 어떻게 쓸 것인가》의 저자 임정섭 선생의 에필로그에서 인상적인 부분을 발췌하여 필사하며 부분 교체를 해보자. 글쓰기 과정을 운영하면서 한 수강생이 글쓰기의 마법사 같다는 데서 영감을 받아 에필로그에 반영한 내용이다.

사실에 근거하면서도 다분히 감성적인 에필로그에 가깝다. 우리는 지금 필사 마법 학교 퇴소를 앞두고 있다. 필사를 통해 저자로 가는 길을 발견한 기쁨을 추억하며 다시 한 번 필사를 주제로 바꿔 쓰기를 해보자.

필사 마법 학교에 입소하면 가장 먼저 다음과 같은 주문을 외운다. '나는 어떤 글도 필사할 수 있다. 나는 어떤 것도 글로 표현할 수 있다. 나는 글을 통해 세상을 움직일 수 있다.' 필사를 배우면 당신도 뛰어난 글쟁이, 더 나아가 저자가 될 수 있다.

마지막으로 나탈리 골드버그의 말을 인용하며 당신과 기쁘게 함께한 여정을 마무리하고자 한다.

: 선택적 필사의 힘 :

자신의 마음을 믿어라! 당신이 경험한 인생에 대한 확신을 키워라! 뼛속까지 내려가 자기 마음의 본질적인 외침을 적어내라! 내면의 목소리를 믿는 법을 체득한 뒤 글을 쓰면, 상대방의 마음을 움직이는 에너지가 실리게 된다.

_ 나탈리 골드버그,《뼛속까지 내려가서 써라》

베껴 쓰고 바꿔 쓰면서
작가의 생각지도를 내 것으로 만들자

글쓰기는 정해진 주제나 소재를 중심으로 생각을 깊게 하고 논리적으로 정리해주며, 뿌듯함과 치유를 가져다준다. 글쓰기를 잘하면 학생들은 서술형 시험이나 논술 준비에 유리하다. 직장인들은 논리적인 보고서 작성으로 성과를 내고 상사의 인정을 받을 수 있다. 때로 스트레스를 받거나 감정이 요동칠 때 글을 쓰다 보면 마음이 차분해지고 감정을 다잡을 수 있다. 그럼에도 사람들은 글쓰기를 귀찮고 지루한 일이라 생각하며, 동시에 글을 제대로 쓰기를 원하는 딜레마에 빠져 있다.

그렇다면 어떻게 해야 글쓰기를 제대로 배울 수 있을까?

먼저 책을 많이 읽으면 어휘력이 늘어나고 문장에서 문단 단위의

긴 글을 이해하는 능력이 향상된다. 하지만 많은 양의 독서와 글쓰기 실력이 직접 연결되지는 않는다. 자전거 타는 방법을 글로 여러 번 읽고 이해했다고 해서 바로 자전거를 탈 수 없는 이치와 비슷하다.

다상량(多商量)은 글을 쓰기 위해 반드시 필요한 과정이다. 주제를 중심으로 여러 가지 사례를 생각하기도 하고 자신의 주장을 뒷받침할 내용을 구상하기도 한다. 다양한 생각을 하되 글로 옮기지 못하면 그간의 노력이 허사가 된다.

결국은 다작(多作)이 해법이다. 여러 번 써봐야 글을 제대로 쓸 수 있다. 필자의 경험으로는 글을 많이 쓰면 작문을 하는 데 도움이 되었다. 글을 많이 쓰다 보면 어떤 형태로 써야 하는지 자연스럽게 깨닫게 된다. 하지만 이 방식은 시간이 너무 많이 걸린다. 최소 3년에서 5년이 걸린다. 전업 작가가 아닌 이상 그만한 시간을 투자하기란 쉬운 일이 아니다.

한편 생각나는 대로 글을 써 내려가다 보면 자신의 글에 대한 두 가지 결과에 직면하게 된다. 타고난 재능에 힘입어 자신도 예상치 못한 훌륭한 글을 만나는 경우다. 신춘문예에 당선되고도 남을 실력이지만 극소수에 불과하다. 대부분 사람은 자신의 글에 대해 실망하게 되기가 쉽다. 몇 번 시도하다가 좌절을 느끼고 글쓰기를 때려치우기도 한다.

처음 글쓰기를 시작했을 때 첫 마디를 어떻게 써야 할지 당황스러웠던 기억이 난다. 도저히 문장을 쓰는 실력이 늘지 않아 '나는 글쓰기에 재능이 없는 건가' 하는 의심과 실망을 여러 번 느꼈다. 그 와중에 훌륭한 문장을 베껴 써보자는 생각을 하게 되었고, 독서를 하면서 울림을 주는 문장들에 밑줄을 치고 필사적으로 필사하기 시작했다.

필사를 하다 보면 글을 쓰는 능력이 향상되고 논리적인 스피치를 하는 데에도 도움이 된다. 여러 번 베껴 쓰다 보면 자연스럽게 암기가 되고 장기 기억에 보관된다. 말을 하거나 글을 쓸 때 외웠던 구절들이 떠올라 말이나 글로 자연스럽게 표현할 수 있게 된다.

좋은 작품을 베껴 쓰면 말하는 능력 외에도 깊게 생각하는 능력이 길러진다. 《태백산맥》의 조정래 작가는 필사가 '글의 내용을 되새김질하는 과정'이라고 했다. 글의 내용을 곱씹어보면서 행간의 의미를 읽어낼 수 있는 생각의 힘을 키워준다는 의미다.

중요한 구절을 따라 쓰면서 문장의 깊은 뜻을 이해하고, 베껴 쓰면서 그 상황을 떠올려 감정을 이입하고 공감할 수 있다. 그 구절을 깊게 이해하면 자신의 생각을 덧붙여 다른 스토리로 확장할 수 있는 장점도 있다.

하지만 단순하게 베껴 쓰기만 한다고 해서 글쓰기가 완성되는 것은 아니다. 훌륭한 문장을 필사하되 표현의 일부를 바꿔 쓰기 하면서 응용하는 능력도 길러야 한다. 작가의 생각지도가 담긴 문장의 기본적인 구조를 유지하되 자신만의 언어로 고쳐쓰면서 수정하는 능력도 갖추어야 한다. 이런 과정들을 통해서 자기 생각을 바탕으

: 선택적 필사의 힘 :

로 자신만의 어휘와 문체로 글을 쓸 수 있게 된다. 다른 작가들의 훌륭한 생각지도를 빌려오고 참조하여, 자신만의 생각지도를 바탕으로 글을 쓰고 책을 쓰는 작가로 거듭나기를 기원한다.